국회와 대통령실 출입 기자가 들려주는

슬기로운 기자생활

국회와 대통령실 출입 기자가 들려주는

슬기로운 기자생활

류재민 글

푸른영토

프롤로그

내 인생의 '빌드업'

2022년 카타르 월드컵은 사상 첫 중동지역에서 열렸습니다. 여름이 아닌 겨울에 열린 것도 특징 중 하나였습니다. 하지만 더 눈길을 끈 건 우리나라를 비롯한 비주류 국가의 돌풍이었죠.

사우디아라비아는 조별리그에서 최종 우승을 차지한 아르헨티나를 이겼습니다. 일본도 독일에 승리하며 파란을 일으켰습니다. 우리나라 역시 월드컵 2회 우승국인 우루과이, 세계 랭킹 10위 권인 포르투갈과 우세한 경기를 펼치며 16강에 진출했습니다. '모로코'는 아프리카 최초로 월드컵 4강에 오르며 돌풍과 기적의 팀으로 불렸습니다.

공은 둥글고, 길고 짧은 건 대봐야 안다는 말이 떠오른 대목입니다. 그러고 보면, 승부의 세계에서는 절대 강자도, 절대 약자도 없다는 말을 새삼 실감합니다. 강자와 약자의 경계가 사라졌을 때, 비로소 사람들은 그 세계에 몰입하고 관심을 가지며, 재미를 느낄 수 있을 겁니다.

축구 용어 중에 '빌드업Build-up'이라고 있습니다. 최후방 골키퍼부터 최전방 공격수까지 패스를 이어가는 일련의 과정인데요. 골키퍼가 '뻥' 차면 우르르 몰려가는 '동네 축구'와는 구분됩니다. 차근차근 공격을 전개해 나가는 전술입니다. '천 리 길도 한 걸음부터'라는 속담처럼. 동료들과 호흡도 잘 맞아야겠죠. 그렇지 않으면 중간에 공을 뺏기거나 역습을 당할 수 있기 때문입니다.

'빌드업'은 축구뿐만 아니라 여러 분야에서도 적용할 수 있습니다. 멋진 몸을 만들거나 다이어트를 위해 하는 운동을 예로 들어 볼게요. 수영장에서 준비운동도 하지 않고 물에 풍덩 뛰어들거나, 스트레칭도 제대로 하지 않고 뛰기 시작하면 어떨까요? 몸에 무리가 따를 수밖에 없습니다.

공부는 또 어떤가요. 무얼 배울 때는 기초가 가장 중요합니다. 기초가 없으면 진도를 나가기 어렵기 때문입니다. 기초 실력도 없이 시간만 보내면 어떨까요? 시험 합격이나, 자격증 취득, 기술 습득에 오랜 기간이 걸릴지 모릅니다. 연차가 쌓인다고 저절로 실력이 쌓이는 게 아닌 것처럼. 친구나 동료들과도 원만한 관계를 맺기가 쉽지 않을 수 있습니다. 그렇게 보면 인생이 곧 '빌드업'이라고 할 수 있겠습니다. 살면서 느끼고, 배우는 모든 것에서 우리는 '빌드업'을 하고 있기 때문입니다.

이 과정을 통해 우리는 성숙한 인간이 되고, 협업을 통한 인적 네트워크를 하나하나 쌓아가는 거겠죠. 그것들이 모이고 쌓이면 인생이란 무대에서 골goal(목표)을 넣을 기회가 많아지지 않을까요?

저는 이 책에서 박근혜 정부부터 문재인 정부를 거쳐 윤석열 정부까지 천안아산역에서 KTX로 출퇴근하며 겪은 일상의 빌드업을 담았습니다. 청와대 춘추관 마지막 기자부터 용산 대통령실 첫 출입 기자로 취재하며 보고 느낀 세상을 한 조각씩 모았습니다.

기자가 되고 싶거나, 이 시간에도 현장을 발로 뛰고 있을 후배들을 응원하는 마음으로 썼습니다. 비록 제가 일하는 신문사가 '비주류'라는 소리를 들을지 모릅니다. 하지만 저는 꺾이지 않는 용기로 현실과 현장을 마주합니다. 그리고 독자들의 편에서 최선을 다해 기사를 씁니다. 진심을 담은 글을 쓰려고 애씁니다. 겸손해지려고 노력합니다. 책과 신문 열심히 보며 공부도 꾸준히 합니다. 그것이 제가 오늘도 기자로 사는 버팀목이라고 생각합니다.

'언론'이란 필드에서 빌드업을 함께한 이들 덕분에 이 한

권의 책을 완성할 수 있었습니다. 고봉밥은 아니어도, 박하사탕이라도 되길 바라는 마음을 담아 여러분 앞에 부족한 글을 내놓습니다.

끝으로 이 책이 세상에 나올 수 있도록 도움 주신 ㈜ 푸른영토 관계자분들께 허리 숙여 감사드립니다. 아빠 역할에 충실하지 못해 늘 미안한 아이들과 당뇨인 남편 건강을 염려해 현미밥을 챙겨주는 아내에게 고해성사하는 심정으로 이 책을 바칩니다.

2023년, 봄을 기다리는 마음으로.

류재민 드림

차례

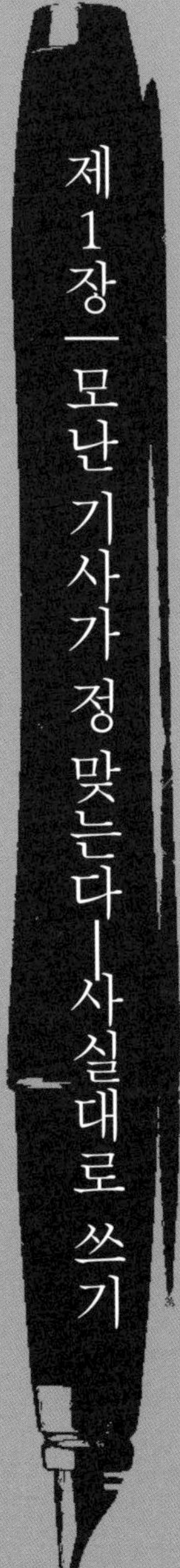

제1장 — 모난 기사가 정 맞는다 — 사실대로 쓰기

기자는 아무나 하나

"꿈과 희망을 포기하지 마세요."

기자를 꿈꾸는 학생들과 온라인에서 만난 건 우연이자 행운이었습니다. 기자로 일하면서 '인터뷰이interviewee'가 돼보긴 처음이었거든요. '기자의 세계'에 궁금한 게 많을 학생들을 위해 질문과 답변 위주로 진행했는데요. 두 시간이 어떻게 지났는지 모르겠습니다.

저는 강의와 질문답을 통해 학생들에게 네 가지를 강조했습니다. '열정'과 '용기', '지혜'와 '겸손'입니다. 기자에게 필요한 자질입니다. 비단 기자에만 필요한 것도 아닙니다. 이 네 가지 자질을 갖춘다면 어떤 직업을 갖더라도 성공할 수밖에 없을 테니까요.

강의 전, 고민했던 지점이 하나 있었는데요. 학생들은 기자의 세계를 경험하지 못했잖아요. 그래서 어떻게 이 직업을 설명해야 이해할 수 있을지 걱정했습니다. 학생들이 기자라는 분야에 어느 정도의 이론적 지식을 가지고 있나도 몰랐으니 막막하고 난감했죠. 제가 아는 범위에서 나름 쉽게 설명하려고 했는데, 학생들이 얼마나 잘 받아들였는지 모르겠네요. 저는 기자를 열망하는 학생들에게 꿈과 희망을 포기하지 말라고 당부했습니다. 책과 신문을 많이 보라고 했습니다. 기회는 언제든 온다고 말이지요.

기자는 누구나 될 수 있다고 했습니다. 저처럼 지방대를 나오고, 신문방송학을 전공하지 않아도 기자가 될 수 있다고 했습니다. 흔히 말하는 '메이저' 언론사 기자가 아니어도 기자로서 인정받고 성공할 수 있다고 했습니다. 대신 아무나 기자를 해선 안 된다고 했습니다. 여기서 '아무나'는 '양심 없는'을 뜻합니다. 양심 없는 기자가 쓰는 기사는 기사로서 가치가 없습니다. 퇴출 대상입니다. 사회 정의는커녕 사회악만 조장할 따름이니까요.

코로나19 이후 시대를 '언택트Untact(비대면)' 시대라고 합니다. 코로나19가 바꿔놓은 세상은 모두를 불안하고, 불편하고, 불행하게 만들고 있는데요. 그 안에서도 시간은 흘러가고 시대도 흘러갑니다. 사람들은 그 시간과 시대에 적응하고, 살아가야 합니다. 피할 수 없다면 즐겨야죠. 저는 온라인에서 소통의 창구를 마련하고, 누군가의 성공적인 삶을 응원할 수 있는 채널이 있다는 것에 보람과 긍지를 느낍니다.

'줌Zoom'으로 만난 학생들 모두 '기자'의 꿈이 이루어지길 소망합니다. '무늬만 기자'가 아닌, '정의롭고 용감한 기자'가 되기를 기도합니다. 그래서 10년쯤 뒤, 현장에서 선후배로 만나길 기대합니다. 귀한 시간 내준 학생들과 지도교사께 고마움을 전합니다.

나는 왜 기자가 되었을까

"기자님은 왜 기자가 되셨어요?"

온라인 진로 체험 교육에서 한 학생이 제게 던진 질문입니다. 순간 망설였습니다. 대답이 금방 떠오르지 않았기 때문입니다. 기자가 되고 싶다는 학생들에게 "꿈을 포기하지 말라"고 해놓고, 정작 저는 왜 기자가 됐는지 선뜻 말하기 어려웠습니다.

기억의 시계태엽을 한참 감아 돌렸습니다. 저도 기자가 되려는 분명한 이유가 있었을 테니까요. 이름 석 자 뒤에 '기자'로 불려 온 동안, 왜 기자가 되려고 했는지 잊고 산 모양입니다.

정치부 기자를 하다 보니 유세 현장 취재를 할 때가 많았는데요. 선거에 출마한 후보들이 연설에서 빼놓지 않고 하는 말이 있습니다. "약자와 서민 편에 서겠습니다." 곰곰이 생각했습니다. 나 역시 그런 마음으로 기자가 되려고 하지 않았을까.

그때 당선된 정치인들은 약자와 서민을 위해 얼마나 많은 일을 했을까요? 장애인과 여성, 소수자의 인권은 존중받고 있나요? 어린아이와 어르신들은 안심하고 돌봄 지원을 받습니까? 중소상인과 자영업자, 서민들의 주머니는 두둑해졌을까요? 사회 안전망은 튼튼한가요?

저 스스로에 묻습니다. '기자답게' 살아왔고, 살고 있는가. 얼마나 사회적 약자와 서민을 대변했는가, 또 얼마나 세상을 이롭게 만들었나, 강자에 약하고, 약자에 '갑'으로 살진 않았나.

돌아보면, 저는 초년 기자 시절 혈기만 넘쳐 좌충우돌했습니다. 취재 과정에서 화가 나면 분을 삭이지 못했습니다. 소위 말해 '물(낙종)'을 먹으면 잠들지 못할 만큼 치열하게 살았다고 생각합니다. 그런데 언제부터인지 일상에 익숙해졌나 봅니다. '불공정을 바로잡아 세상을 바꾸고, 약자 편이 되겠다'라던 초심은 안드로메다로 사라졌나 봅니다.

기자로서의 성공만 좇은 건 아닌지 얼굴이 화끈거립니다. 음지보다 양지를 찾지 않았나 부끄럽습니다. 겸손하거나 지혜롭지 못했습니다. 학생들의 질문은 저를 돌아보며 성찰하고, 다시 배우는 동기부여가 됐습니다.

사람이 살아 있어서 좋은 건 다시 배울 수 있기 때문이다.

— 권시우, 문학 테라피스트

'내가 쓴 기사는 세상을 얼마나 바꿨나.'

저는 학생들에게 열정과 용기, 지혜와 겸손이 기자에게 필요한 자질이라고 했는데요. 그것은 곧 제가 잃지 않아야 할 소명이자, 본분이고, 가치라는 걸 깨달았습니다.

세상에는 수많은 언론사와 기자가 존재합니다. 자질 부족, 양심 불량 언론사와 기자들이 숱합니다. 진실과 사실 보도보다 이익 창출에만 매달려 사회 질서를 혼탁하게 만드는 경우가 부지기수입니다. 사회적 공기公器가 아니라 '흉기'로 전락했다는 비판도 받습니다. 그래서 저는 언론개혁 없이 검찰개혁, 사법개혁, 정치개혁은 요원하다는 말에 공감합니다.

불의에 저항하고, 비겁하지 않으며, 정론직필正論直筆 하는 기자들이 세상에 많아지길 바랍니다. 그런 기자가 되겠다고 언론고시를 준비하고 있는 '예비 언론인'을 응원합니다. 그런 기자들을 많이 길러내는 언론사가 차고 넘쳐 세상이 살기 좋게 바뀌었으면 좋겠습니다. 저도, 잘하겠습니다.

기자는 깨어있어야 한다는 말

'기자는 깨어있어야 한다'라는 말이 있습니다. 밤을 새워 취재하고 기사 쓰라는 소리는 아니고요. 기자들 사이에선 '안테나를 세운다'라고 하는데요. 출입처에서 벌어지는 상황에 집중하고 분위기와 흐름을 놓치지 않아야 한다는 얘기입니다. 게으름을 경계하라는 뜻이기도 합니다.

기자가 게을러지면 게으른 기사가 나올 수밖에 없습니다. 게으른 기자가 쓴 게으른 기사는 사회에 악영향을 끼칠 뿐입니다. 독자를 기만하는 행위일 뿐만 아니라, 참과 거짓의 구분을 모호하게 만들어 사회 질서를 교란하기 때문입니다.

다만 기자도 사람인데 쉴 때는 쉬어야죠. 잘 쉬는 것도 실력입니다. 늘어지게 잠을 자거나, 여행을 떠나거나, 취미활동을 하며 기분을 전환하고 누적된 피로를 풀어야 합니다. 저 같은 경우는 책을 읽거나, 산책로를 걸으며 사색하는 걸 즐깁니다. 길 위를 걸으며 사색하면 여러 생각이 교차합니다. 지난 한 주를 돌아보고, 동시에 새로운 한 주를 설계합니다. 어떻게 하면 독자들에게 제대로 된 메시지를 전달할 수 있을까 고민하는, 저만의 충전 시간입니다. 그리고 시간이 남으면 다시 보기로 시사교양 프로그램을 보거나, 실시간으로 중계되는 모바일 뉴스를 확인합니다.

주말과 휴일을 허투루 쉬면 부작용이 따릅니다. 특히 정치권 상황은 조석朝夕으로 변하고, 관련 메시지가 쉼 없이 쏟아져 나옵니다. 기자와 정치인의 공통점이 뭔지 아세요? '휴일이 없는 직업'이라는 겁니다.

프로야구 중계를 보다 보면 인상적인 장면이 잡히곤 합니다. 방송 카메라가 더그아웃을 비출 때 선수들 모습을 보면요. 가만히 앉아있지 않습니다. 기본적으로 경기에서 눈을 떼지 않습니다. 집중하고 있다는 이야기입니다. 투수는 손의 감각을 잃지 않기 위해 연신 공을 굴리고 만지작거립니다. 타자 역시 방망이로 스윙 연습을 하죠. 그래야 갑자기 경기에 투입되더라도 좋은 경기력과 기량을 발휘할 수 있으니까요. '프로답다'라는 소리는 거저 들을 순 없는 겁니다.

마찬가지로 기자들도 프로가 되려면 쉬는 시간이나 휴일을 잘 활용해야 합니다. 나사를 모두 풀어놓으면 다시 끼워넣기가 어렵기 때문입니다. 어느 직업이든 전문성을 갖추려면 관련 서적을 최소한 10권 이상은 봐야 한다고 합니다. 부단히 노력하고 연마하면서 실력을 쌓아야 성공할 수 있다는 얘기 같습니다.

구르는 돌에는 이끼가 끼지 않고, 흐르는 물은 썩지 않는다고 하잖아요. 구르고, 흐르는 일을 게을리하지 않아야 사회에 선한 영향력을 끼칠 수 있는 기사를 생산해 낼 수 있다고 생각합니다. 온전히 쉬면서도 감각만은 잃지 않는 휴일과 휴식을 권합니다..

잠깐만요, 기레기 아니라 '기자'입니다

처음 그 단어를 접했을 땐 오타나 오기誤記이겠거니 했습니다. 그런데 암만 봐도 이상한 게 '기자'와 '기러기'가 무슨 연관성이 있어 그런 오류가 나왔나 싶었습니다. 뜻을 알고 났을 땐, 한숨부터 나왔습니다. 내가 이러려고 기자를 하고 있나, 자괴감마저 들었습니다. 기자가 '기레기(기자+쓰레기)'로 낙인찍힌 세상에서 기사로 먹고사는, 제 이름은 '기자'입니다.

어쩌면 '기레기'는 오래전부터 존재했는지 모릅니다. 시대의 흐름에 이름만 달라졌을 뿐. 기레기 조상 격인 '사이비 기자'라는 말이 익숙한 사람도 많을 겁니다. '기레기'와 '사이비 기자' 중 누가 더 고약하고 그 정도가 심한지 경계를 구분하긴 힘듭니다. 다만, 사회적으로 환영받지 못하는 단어라는 것만은 분명합니다.

기레기와 기자, 사이비 기자와 기자 사이에는 어떤 교집합과 여집합이 존재할까요? 같은 기자인데, 누구는 '쓰레기' 취급받고, 누구는 '기자'로 대우해 주느냐는 얘기입니다. 그 판단의 기준은 바로 '독자'입니다.

21세기를 살아가는 대한민국 독자들은 '깨시민(깨어있는 시민)'입니다. 얄팍한 술책과 궤변으로 넘어갈 사람들이 아닙니다. 사실 확인도 하지 않고 얕은 지식으로 '소설'을 썼다간 욕은 둘째치고, 신상까지 탈탈 털리는 세상입니다. 세상은 그런 기자들을 가리켜 '기레기'라고 부릅니다. 또 그런 소리를 듣는 게 무서워 기사다운 기사, 비겁한 기자로 살아도 '기레기'라고 불립니다.

기자란, 국민의 세금을 받아 쓰는 권력이 국민에게 부여받은 돈(예산)과 권한을 허투루 쓰지 않는지 감시하고 견제하는 사람이라고 배웠습니다. 그래서 저는 '랩독Lapdog'이나 '가드독Guard dog'보다 '워치독Watch dog'이 되고 싶었습니다.

언론학자들에 따르면, 오늘 예로 든 세 가지 유형의 개들 외에 또 한 가지가 있긴 합니다. 매우 중요한 이슈가 발생했음에도 불구하고 그냥 눈을 감고 있는 언론, 슬리핑독Sleeping dog도 있습니다.

— 2016년 4월 27일, 〈jtbc 뉴스룸〉 앵커 브리핑 중에서

부침도 많았습니다. "그래봤자 달라지는 건 없어, 유난 떨지 마!"라는 수모와 비아냥도 들었습니다. 그래도 이 길을 선택한 건, 바로 '나'였습니다. 그 길 위에서 저를 응원하고 박수를 보내주는 이들을 만났고 함께해서 외롭지 않았습니다.

> 저희 남편은 신문에 대해 이렇게 말했죠. 역사의 초고라고요. 우리는 어쨌든 계속 기사를 써야 해요.
>
> — 영화 〈더 포스트〉 대사 중에서

달라질 건 없다고 포기하거나 멈춰 선다면 어떻게 될까요? 그냥저냥 기자 수명은 연명할지 모릅니다. 대신 스스로는 비겁함의 바다에 빠져 허우적거리고, 세상은 더 깊은 절망의 늪으로 빠지고 말 겁니다. 기자가 '기사'를 써야 하는 이유입니다.

이 땅의 기자님들, '기레기'보다 '기자'라는 소임에 충실하고, 특종도 많이 하길 기원합니다. 그래서 세상을 좀 '기깔나게' 해 보자고요. 저도 계속 기사를 쓰겠습니다.

기자도 먹고살아야 합니다만

기자는 박봉입니다. 정년이 보장된 직업도 아닙니다. 그렇다고 알량한 자존심과 소명 의식만으로는 살 수 없습니다. 연애도 하고, 결혼도 하고, 애도 키우려면 기본적으로 '소득'이 있어야 합니다. 그런데 이 '기본소득'이 적다 보니 기자들이 가욋일을 합니다. 식당도 차리고, 카페도 차리고, 꽃집도 차리고, 세차장도 합니다. 그들한테 "기자가 기사나 쓰지 왜 이런 일을 하느냐"고 물으면, 열이면 열 이렇게 대답할 겁니다. "먹고살려고요."

먹고사는 일, 어쩌면 그것이 우리 삶에서 절대 도려낼 수 없는 가장 뿌리 깊고 본질적인 것일지도 모른다. 인생이란 것이 아주 복잡하게 얽히고설킨 것처럼 보여도 사실은 그 모든 것이 함께 먹고살려는 단순한 동기에서 비롯되지 않았을까. 부정한 방법으로 최고 권력을 탐한 자도, 빵을 몇 개 훔쳐 가슴에 품고 달아난 자도 결국 식솔과 함께 먹고살기 위해서라는 가장 원초적인 스타팅 블록에 발을 디디고 출발한 것인지도 모른다.

— 김완 『죽은 자의 집 청소』 중에서

먹고살려고 한다는 말에 토를 달긴 어렵습니다. 버둥거리며 살아보려는 의지가 있으니까요. 그런데요. '투잡'도 하지 않고, 기자 명함만 들고 다니면서 돈을 찾는 사람도 있습니다. 우리는 그들을 '사이비 기자'라고 부릅니다. 그들은 주로 공사 현장이나 폐기물 업체를 주로 다니면서 공갈과 협박을 일삼습니다. 칼만 안 들었지, 강도와 다를 바 없습니다. 물론 그러다 잡혀 법적 처벌받는 경우가 많지요. 그 사람들도 "먹고살려고 그랬다"라고 합니다.

세상에 '먹고사는' 방법은 다양합니다. 무얼 먹고 사느냐보다 '어떻게' 먹고사느냐가 중요합니다. 선량한 사람을 괴롭히고, 불법을 저지르며 먹고사는 건 바람직한 삶의 방식이 아닙니다. 더구나 언론은 '사회의 공기公器'라고 하지 않습니까.

얼마 전 발행한 기자협회보를 보니 코로나19에 지역 언론 환경이 더 나빠졌다네요. 지역 언론사의 주된 수입원은 지자체 광고인데요. 코로나 여파로 행사나 축제가 취소되면서 광고를 지원받지 못하니 경영난을 겪는 곳이 부쩍 늘었다고 합니다. 구조조정은 물론, 기자들 월급도 제때 주지 못하는 곳도 많고요. 그렇다 보니 취재현장이 아닌, '불법 현장'으로 내몰리는 기자들이 많아질 수밖에요. 먹고살려고.

> 코로나19로 지역 기업들의 경영이 어려워지고 광고 수입이 급감하며 애초 약했던 지역 언론사들의 존립 기반은 점점 위태로워지고 있다. 지자체 광고 의존도가 심화하며 할 말을 못하는 지경에까지 이르렀지만 생존 문제 앞에 저널리즘은 어느덧 배부른 소리가 돼버렸다. 급기야 지난해 코로나19의 직격탄을 맞은 일부 지역 언론사는 명예퇴직과 순환 유급·무급휴직, 감봉, 감면, 감부를 단행했다.
>
> — 2021년 2월 3일, 〈한국기자협회〉 기사 중에서

기자는 사회 정의를 위해 발로 뛰며 현장의 목소리를 듣고 공정한 보도를 하는 메신저입니다. 그러다 경험이 쌓이면 내구성이 생겨 '자기 글'도 쓸 수 있습니다. 책도 내고, 강연도 다닐 수 있습니다.

공익적 가치를 추구하며 먹고사는 방법은 분명히 존재

합니다. 자기 계발을 게을리하지 않아야 합니다. 그래야 실력도 쌓고, 기사도 잘 쓰고, 잘 먹고, 잘 살 수 있습니다. 그럭저럭 먹고사는 저는 이제 밥이나 먹어야겠습니다.

혹평과 악플에 쿨해지려면

기자는 기사를 쓰고 나면 독자들의 반응이 궁금합니다. 내 기사를 얼마나 많이 볼까부터 시작해, 어떤 댓글이 달릴까 설렙니다. 독자들의 직접적인 반응은 댓글로 점검하게 만듭니다.

저는 기사를 쓰고 나면 페이스북 등 SNS에 공유하는데요. 거기서도 독자들의 반응을 알아볼 수 있습니다. 제가 쓴 기사에 호평하는 분도 계시지만, 혹평하는 분도 많습니다. 혹평과 악플이 두렵진 않습니다. 그 역시 제 기사에 대한 '관심의 표현'이니까요. 건전한 비판과 지적은 제가 취재와 기사 작성 과정에서 소홀하고 부족했던 부분을 확인할 수 있습니다. 또 다음에 유사한 기사를 쓸 때도 도움이 됩니다.

하지만 일부 멘탈이 약한 기자들은 혹평에 힘들어합니다. 쿨하게 넘기면 될 텐데 그렇지 못하니 스트레스를 받고 끙끙거립니다. 실력과 내공은 깨지면서 쌓이는 법입니다. 반대로 독자들이 칭찬하는 기사라고 해서 우쭐할 필요도 없습니다. 칭찬처럼 보이고 들려도, 사실 알고 보면 칭찬이 아닐 수도 있으니까요.

피드백이 없으면 성장이 없어요. 피드백을 통해 장점을 살리고 단점을 보완할 수 있어요. 그래서 그 피드백이 긍정적이든, 부정적이든, 어떤 피드백이든 내 성장을 위해 다 소중하죠. 모든 피드백에 다 맞출 필요는 없지만요. 다음에 다시 글을 쓸 때에는, 그런 것을 더 깊이 고려하면서 글을 써 보세요. 이 과정이 많이 쌓일수록 훌륭한 글이 돼요. 그리고 그 과정을 즐기세요.

— 유시민 『유시민의 글쓰기 특강』 중에서

악플을 두려워하는 기자들도 있습니다. 잘못 쓴 글도 아닌데, 기사가 자기 맘에 들지 않는다고 험한 댓글을 올리는 독자들이 적지 않습니다. 어떤 기자들은 상처받기 싫어서 아예 댓글을 보지 않는다고 합니다.

현직 기자로서 인신공격이나 심한 욕설은 삼갔으면 하는 바람입니다. 기자도 존중받아야 할 인격체이기 때문입니다. 기사에 대한 비판은 얼마든지 받아들일 수 있지만, 기자 개인을 향한 공격은 하지 말았으면 좋겠습니다.

어쨌든 이 땅의 기자들 모두 파이팅입니다. 혹평과 악플에 당당하게 맞서며 기사를 쓰는 그 날을 위하여.

코로나 시대, 현직 기자의 고민

코로나19에 언론 취재환경이 달라지고 있습니다. 국회는 각종 회의와 기자회견을 영상 중계로 전환하고, 취재 인력은 소규모로 운영합니다. 행정과 교육기관 브리핑 역시 마찬가지입니다.

기자들의 재택근무도 늘어났습니다. '라떼'는 상상도 못 한 일이 현실이 되었습니다. 세상이 변하고 시대가 변했다면, 언론도 그에 적응해야겠지요. 코로나 시대, 언론은 무한경쟁에 돌입했습니다. 이제야 '진검승부'를 시작한 느낌입니다.

코로나가 강제한 '저녁이 있는 삶'은 일상으로 자리 잡았습니다. TV와 PC, 핸드폰 모바일을 통해 매체를 접하는 시간이 늘어날 수밖에 없습니다. '팔리는 기사'를 쓰지 않는 언론사는 생존하기 어려운 이유입니다. 어떻게 하면 팔리는 기사를 쓸 수 있을까요?

현직 기자인 저는 항상 고민입니다. 평범한 40대 여성인 아내부터 제 브런치 글이 재미없다고 통박을 줍니다. 그때마다 아주 뼈를 때립니다. '무엇을, 어떻게 써야만' 독자나 아내에게 '라이킷(좋아요)'를 받을지 고민입니다.

코로나 시대 '온라인'이 1차 취재 플랫폼으로 뜨고 있는데요. 유튜브, SNS, 이메일 등이 대표적 수단이겠죠. 기자들은 오프라인이 아닌, 온라인에서 사람과 사건, 사고 현장을 찾아야 할 것 같습니다.

이제 '낚시 기사'는 생명력이 약합니다. 5G 시대 독자들은 '눈먼 고기들'이 아니니까요. 기자만의 차별화 전략만이 팔리는 기사를 생산할 수 있다고 봅니다. 저는 〈머니투데이〉 남형도 기자의 '체헐리즘(체험+리얼리즘)'을 인상 깊게 봤습니다.

여성 속옷을 직접 입어보며 불편을 체험하거나, 폐지를 주워 팔아보고, 명동 한복판에서 바닥에 흘린 아이스크림을 닦기도 했습니다. 고생을 사서 했지만, 사람들의 큰 관심을 끌어모았죠. 남이 해보지 않던 일을 직접 해보고, 그걸 기사로 쓴다는 게 참신해 보였습니다.

얼마 전 코로나 시대를 다룬 책 『오늘부터의 세계』(안희경), 『코로나 사피엔스』(정관용)를 읽었는데요. 두 권의 책에서 인상 깊었던 건 저자입니다. 안희경, 정관용 씨 모두 저널리스트입니다. 두 사람은 국내외 석학들과 한 인터뷰를 책으로 엮었습니다.

인터뷰는 전화와 이메일, 영상을 이용했는데요. 책을 읽으면서 코로나 시대 '비대면 취재' 방법을 배웠습니다. 책을 통해 취재 소재를 얻을 수 있구나, 하는 교훈도 얻었습니다.

물론, 이런 시도는 비단 코로나 시대에 국한하지 않습니다. 과거나 지금이나 이런 노력을 해온 기자나 언론사가 독자들에 인정받고, 살아남았으니까요. '무엇을, 어떻게 써야' 기사가 팔릴까 고민하고, 뭐라도 해 보려고 노력하다 보면 답이 나오지 않을까요?

'메타버스'로 취재하는 시대

2021년 8월 초의 일입니다. 당시는 수도권 거리두기 4단계가 연장됐고, 국회 소통관 폐쇄 기간도 늘어났을 때입니다. 국회의장실 취재를 마치고, 국회 앞 커피숍으로 향했습니다. 기자실이 닫히니 갈 곳 잃은 기자들이 여의도 커피숍에서 진을 치고 있었습니다. 몇몇 커피숍은 국회 출입 기자들의 '핫 플레이스'로 뜨고 있다는 소문이 돌 정도였니까요. 코로나19 시국에 기자들의 취재환경은 열악해지고, 기사 작성 공간마저 좁아지고 있다는 현실을 체감하기 충분했습니다. 그런 와중에 '메타버스'로 취재하는 기자의 모습을 뉴스를 통해 접하고 깜짝 놀랐습니다. 이제 기자들도 메타버스로 취재를 떠나는 날이 왔구나 싶었습니다.

메타버스가 뭐냐고요? 그 버스는 어디서 타냐고요? 메타버스는 우리가 흔히 아는 부르릉 '버스bus'가 아닙니다. '초월'을 뜻하는 'Meta(메타)'와 '우주, 경험 세계'를 뜻하는 'Universe(유니버스)'의 합성어입니다. 쉽게 말해 현실을 초월한 '가상 세계'입니다. 혹시 초·중학생 자녀를 키우는 부모라면 들어보셨을 '마인크래프트' '로블록스' '제페토'를 떠올리면 알 수 있을 겁니다. 제 또래 40대인 분들은 '스타크래프트'의 '진화판'이라고 이해하면 될까요?

다시 뉴스로 돌아와서요. 기자는 여의도에서 기차를 타고 영남대학교에서 열리는 행사를 취재하러 갑니다. 눈 깜짝할 새 현장에 도착합니다. 기자의 아바타가 한쪽에 자리를 잡고 행사 전반을 취재하는 모습이 지구가 아닌, 외계에 온 듯한 착시현상이 들 정도였습니다. 생경한 동시에 호기심도 생겼습니다.

코로나19 장기화로 비대면 생활이 계속되면서 '메타버스'가 유망산업으로 뜨고 있습니다. 정치와 경제, 사회, 문화 등 전 분야에 걸쳐 관심이 급격히 높아지고 있는데요. 그 분야를 취재하고 기사를 써야 하는 기자들도 만반의 준비를 해야 할 것 같습니다. 이젠 아바타가 없으면 커피숍은 둘째치고, 방구석에서조차 노트북 펴고 있기 힘들어질 것 같으니까요.

집에 와보니, 딸이 '마인크래프트'와 '제페토'의 차이점을 설명합니다.

"마크(마인크래프트 줄임말)는 네모 세상이지만, 제페토는 3D로 돼 있어. 평면이 아닌, 입체감이 있지. 겉으로 보이는 건물이나 방도 이뻐. 사람들이 엄청 많이 들어와서 게임도 하고, 대화도 나누지. 가장 큰 차이는 마크는 목표가 있어. '앤더 드래곤'을 잡으면 게임이 끝나거든. 제페토는 목표가 없어. 그냥 돌아다니는 거야. 내가 원하는 것(게임 등)을 무제한으로 즐기고, 내가 현실에서 (돈이 없어) 사지 못한 걸 코인으로 살수도 있어. 엄청난 속도의 스케이트보드를 타고 달리면서 스트레스를 푸는 사람도 있어."

백날 들어도 해보지 않으면 모르는 겁니다. 제페토ZEPETO 앱에 접속해 제 '아바타'를 만들었습니다. 일단, 여자였던 아바타를 남자로 바꿨습니다. 머리를 좀 만지고, 적립돼 있던 코인으로 바지랑 신발을 사서 입히고 신겼습니다. 그리고 게임 채널에 들어가 봤는데요. 이건, 도대체 어느 세계인지. 이리저리 뛰어다니는 아바타들 때문에 어지럽고, 방향감각조차 잃을 정도였습니다.

아이들이 바뀐 아바타를 보더니 꼬치꼬치 캐묻습니다. "이거 옷이랑 신발 어디서 났어?" "코인 있길래 샀는데." "아, 그걸 쓰면 어떡해! 나중에 더 좋은 거 사려고 아끼고 아껴둔 건데."

메타버스 공부는 나중이고, 아이들 몰래 탕진한 코인 충전부터 해야겠습니다.

기자는 현장 취재할 때 아름답다

〈디트뉴스24〉 창간 20주년 기념 홍보 영상을 만들 때 이야기입니다. 기자들의 현장 취재 활동 모습을 담는다고, 취재하는 모습이 담긴 사진을 몇 장 내라는 오더가 전달됐습니다. 페이스북에 들어가 사진첩을 뒤적였습니다. 우두커니 앉아 옛 사진을 하나하나 들여다보니 왠지 모를 뿌듯함이 느껴졌습니다. 덩달아 코흘리개 시절 추억이 떠올라 '피식' 웃기도 했습니다.

제가 선택한 사진은 두 장인데요. 하나는 2016년 충남 천안 터미널 앞 유세 현장에서 찍은 사진입니다. 취재 여건이 좋지 않아 노상에서 노트북을 펼쳐놓고 기사를 쓰던 장면입니다. 지인께서 찍어 보내 주셨습니다. 찍히는 줄도 모르고 기사 삼매경에 빠진 모습이 멋쩍고 쑥스러웠습니다. 하지만 취재에 집중한 순간을 포착한 사진은, 봐도 봐도 인상적입니다. 살짝 배가 나온 것만 빼면.

두 번째 사진은 2018년 6월 있었던 '제3차 남북 정상회담' 취재 때 찍은 사진입니다. 당시 남북 정상회담은 평양에서 열렸는데요. 청와대 출입 기자들은 서울 동대문 디자인플라자에 마련한 프레스센터에서 취재했습니다. 수천 명에 달하는 내외신 기자들 사이에 앉아 남북 정상의 만남을 취재한 경험은, 기자 생활에 있어 잊지 못할 기억일 것 같습니다.

기자는 현장에 있어야 합니다. 그래야 살아 있는 기사를 쓸 수 있기 때문입니다. 그런데 현장에 나타나지도 않고 기사를 쓰는 못된 기자들이 있습니다. 남이 쓴 기사를 마치 자신이 쓴 것처럼 둔갑술을 부립니다. 원문을 가져다 몇 문장 더하거나 빼 '손질'을 한 다음 자기 이름을 떡하니 달아 독자들 앞에 내놓습니다.

허락 없이 기사를 베끼는 건 무례를 넘어 범죄행위입니다. 양심의 가책은 느끼기나 할까요. 그러면서 '정론 직필' 운운하는 걸 보면, 헛웃음만 나올 따름입니다. '내가 오보를 내면 큰일이겠다'라고 입맛을 다실 때도 더러 있습니다. 기사마다 '단독'이라고 쓸 수도 없고 말이죠.

인터넷 뉴스 기사 하단을 보면 언론사 이름과 홈페이지 주소가 있고, 그 옆에 '무단 전재 및 재배포 금지'라고 명시한 것도 저작권을 분명히 밝히려는 목적입니다. 기사를 인용하려면 출처를 철저하게 밝혀야 합니다.

계속되는 코로나19 탓에 취재환경은 크게 달라졌습니다. 현장 취재를 할 만한 행사나 기자회견이 크게 줄었고, 취재 인원도 소수로 제한하고 있습니다. 유튜브 생중계를 통해서나 전화 통화 등 비대면 취재 비중이 부쩍 늘어났습니다.

코로나19와 함께하는 일상이 언제 끝날지 모르지만, 그래도 기자는 현장에 있어야 합니다. 기자는 현장에서 취재할 때 가장 기자답기 때문입니다.

메달보다 값진
황금열쇠
받던 날

저는 엉덩이가 무거운 편입니다. 어디에 한 번 앉으면 웬만하면 금방 일어나지 않거든요. 그렇게 하루를 살다 보니 이런 날도 오네요. 〈디트뉴스24〉 창간 20주년 기념식에서 장기근속 포상을 받았습니다. 올림픽 금메달보다 값진 황금열쇠도 받았습니다. 기자 생활을 한 이래로 상을 받는 건 처음입니다. 특종상은커녕, 기자라면 한 번 받았을 법도 한 '이달의 기자상'도 받아본 역사가 없습니다. 그만큼 부족한 기자입니다.

돌이켜 보면, 제 기자 생활은 지난한 삶의 연속이었습니다. 살얼음판을 걸을 때도 많았고, 벼랑 끝에 선 심정일 때도 많았습니다. 그래서 주저앉고 싶을 때도, 그만두고 싶을 때도 많았습니다. 눈물 흘린 날도 많습니다. 그래도 무거운 엉덩이 덕분에 여기까지 왔습니다.

저를 기자로 키운 8할은 바람이 아니라 '깡'입니다. 16년 기자 생활 중 만 13년 6개월을 이곳에서 글을 썼습니다. 지난 시간이 주마등처럼 스쳐 갑니다. 만감이 교차하고, 감회가 새롭습니다.

디트뉴스24 초창기, 그야말로 허허벌판, 거친 광야에서 뿌리를 내리기 위해 죽기 살기로 뛰었습니다. 치열하게 싸웠습니다. 그 과정에서 누군가에는 은혜를 입었고, 누군가에는 상처를 줬을 겁니다. 제 기사와 언행에 상처받은 분이 계신다면 이 자리를 빌려 사과드립니다. 겸손하겠습니다.

이 자리에 설 수 있기까지 많은 이들이 있었습니다. 좋은 동료들과 취재원의 도움에 이만큼 성장했습니다. 그들에게 고맙습니다. 쥐꼬리보다 조금 나을까 모를 월급에 바가지 안(적당히) 긁고 살아주고 있는 아내 오경아와 딸 태영, 아들 시훈이에게 감사합니다. 언제나 아들 걱정만 달고 사는 어머니 오세분 여사께도 글로나마 고마움을 전합니다.

〈디트뉴스24〉는 지난 2001년 8월 1일 우리나라 1세대 인터넷 언론으로 '지역 대안 언론'을 기치로 걸고 출발했습니다. 척박한 지역 언론 환경에서 묵묵히, 또 꿋꿋하게 '할 말'을 해왔다는 자부심에 보람과 긍지를 느낍니다.

스무 살 성년을 계기로 저희는 새로워지고 있습니다. 뒤로 가지 않고, 제자리에 머물지도 않고, 앞을 향해 나아가고 있습니다. 뜻깊은 날임에도 코로나19로 외부 인사 초청 없이 임직원들끼리 조촐히 행사를 치렀습니다.

떡 케이크 자르고, 대통령께서 보내온 축전도 읽었습니다. 지나온 20년을 돌아보고, 현재를 진단하고, 미래를 이야기했습니다. 기자 생활을 하는 후배들이 저를 보고 느꼈으면 바람이 하나 있습니다. '실력이나 능력이 출중하지 않아도 버티고, 포기하지 않으면 저런 날도 오는구나.'

특종을 못 하면 어떻습니까. 떳떳하고, 불의에 꺾이지 않고, 적어도 '기레기' 소리 듣지 않는 기사를 쓰면 그게 '기자' 아닐까요? 회사에서 제 직급은 '부장'인데요. 명함에는 '기자'라고 새겨져 있습니다. 취재원에게는 영원한 '기자'이고 싶기 때문입니다.

부끄럽지 않은 '기자'가 되겠습니다. 진심을 담아 진실을 쓰겠습니다. "더 잘하라는 채찍으로 알고 열심히 하겠습니다." 이런 상투적이고 감동적이지 않은 수상 소감은 하지 않겠습니다. 지금처럼만 하겠습니다.

초딩이나 하는 받아쓰기를 하다니

초등학교에 다니는 제 아들은 매주 받아쓰기 시험을 봅니다. 시험 전날, 학교에서 준 프린트물을 보고 연습하는데요. 집에서 연습할 때는 백 점인데, 막상 시험을 보면 한두 개씩 틀립니다. 뭐, 그래도 한두 개만 틀리는 게 어딥니까.

기자도 받아쓰기를 자주 합니다. 대표적으로 기자회견을 꼽을 수 있는데요. 기자회견 주최 측 주장이나 설명을 받아 적은 뒤 그걸 토대로 기사를 씁니다. 다만 불러주는 대로만 쓰는 기사는 정확성과 신뢰성을 담보할 수 없습니다. 일방적인 주장이기 때문입니다.

사실을 확인하고, 내용에 살을 붙여야 기사를 키울 수 있습니다. 기사에 살을 붙이려면 추가 취재가 필요합니다. 우선은 회견의 배경과 목적을 살펴봐야 합니다. 아무런 이유 없이 기자를 모아놓고 회견하는 경우는 없으니까요. 물론 주최 측이 회견이나 회견문을 통해 이유를 설명합니다.

하지만 그(그들)의 얘기를 듣고 나면 기자는 질문을 통해 회견의 기획과 의도를 파악해야 합니다. 반대편에 있는 이해 당사자 이야기도 들어봐야 합니다. 그래야 명확한 사실관계나 실체적 진실을 확인할 수 있기 때문입니다. 문제는, 불러주는 대로 받아만 쓰는 기자들입니다. 회견문만 대충 정리해서 '바이라인(기자 이름)'을 달아 보도하는 기자들이 많습니다.

한번 나간 기사는 상당한 파급력과 영향력을 갖습니다. 더구나 인터넷 포털사이트에 올려진 기사는 시간이 흘러도 남아 여기저기 떠다닙니다. 뒤늦게 정정보도를 하고, 삭제하더라도 이미 엎질러진 물이요, 활시위를 떠난 화살입니다. 볼 사람은 다 봤을 텐데, 무슨 수로 원상복구와 피해 보상을 하겠습니까.

하나 더 말씀을 드리면요. 살을 붙여 기사를 썼어도 '완성'이라고 할 수 없습니다. 현재 상황을 진단하고 분석하고, 앞으로 벌어질 일을 예상하거나 전망하는 후속 기사를 써야 합니다. 예를 들어 정부나 지자체에서 어떤 정책을 시행한다고 했을 때 무조건 홍보만 할 게 아닙니다. 국민과 지역민에게 어떤 영향을 가져올지 분석하고 전망해야 합니다. 특히 피해가 우려되는 부분은 없는지 확실히 따져봐야 합니다.

가령 도시재생이나 개발 사업을 한다고 하면, 주거 환경 개선과 지역 경제 활성화 차원에서 긍정적인 효과를 기대할 수 있지만요. 사업 대상지에 거주하는 주민들의 이주대책이나 보상은 제대로 마련돼 있는지, 환경 피해는 없는지 확인해야 합니다. 사업에 반대하는 주민들이나 환경단체의 반발이 있을 수 있기 때문입니다.

그들의 목소리를 충분히 들어 사업이 원만하게 진행될 수 있도록 하든지, 아니면 전면 재검토를 하도록 해야 합니다. 필요하다면 전문가 인터뷰를 통해 대책과 대안을 제시해야 합니다. 그것이 기자의 역할이고, 사명이니까요.

기사 하나를 쓰고 나면 하루 일 다 끝냈다는 듯 거들떠보지 않는 기자들이 있는데요. 기자로서 자질을 의심할 수밖에 없습니다. 받아쓰기 기사는 초등학교 고학년도 며칠만 가르치면 씁니다. 받아쓰기와 구구단은 초등학생 때 떼는 겁니다.

> 언론사는 중요하다고 여기는 뉴스를 한 번 다루는 데 그치지 않아요. 내일도, 모레도 여러 건의 보도를 계속해서 이어 갑니다. 신문과 방송에서 연이어 보도하는 뉴스가 온 국민이 아는 중요한 뉴스가 되는 것이지요.
>
> — 구본권 『뉴스, 믿어도 될까?』 중에서

추가로 취재하지 않는 이유는 둘 중 하나일 겁니다. 귀찮거나, 할 줄 모르거나. 시간도 오래 걸리고, 귀찮기도 하고, 기사를 못 쓰면 데스크(선배)에 혼나면 어쩌나 겁도 나겠죠.

명색이 기자인데, 마냥 받아쓰기만 할 순 없는 노릇입니다. 받아쓰기만 하는 기자는 성장과 발전이 더디기 때문입니다. 그런 기자가 많아지면, 사회도 성장·발전할 수 없습니다. 어려워도 써야 합니다. 두려워도 도전하고, 노력해야 합니다. 숙련된 기자가 많아지고, 기사의 질이 향상될수록 세상은 좀 더 나은 방향으로 바뀌지 않겠습니까.

기사는 '골라 먹는 아이스크림'이 아니다

'좋은 게 좋다'는 말이 있습니다. 저는 이 말이 불편할 때가 왕왕 있는데요. 기자 나이테가 하나둘 늘어갈수록 이 말의 불편함도 늘어가는 것 같습니다.

저처럼 지역 언론사 기자들이 만나는 취재원은 알고 보면 다 학교 선배이고, 동기이고, 후배이고, 지인이고, 지인의 지인이고 그렇습니다. 그래서 불의를 저지른 사건이나 사람을 취재할라치면 순탄하지 않습니다. 깜빡이도 안 켜고 여기서 훅, 저기서 훅, 치고 들어오기 때문입니다. 사돈에 팔촌까지 다 끌어다 붙입니다. "한번 봐 달라." "우리 사이에 정말 이러기야." "서로 좋은 게 좋잖아."

사정을 들어보면 그 사람(들)도 나름의 사연이 있는데요. 핑계 없는 무덤 없습니다. 불의를 정의로 포장할 수도 없습니다. 그들로 인해 피해를 본 사람은 누가 구제해 준답니까. 불의를 보고 눈 감는 건, 기자로서 수명을 단축하는 행위일 뿐입니다.

취재와 기사는 '골라 먹는 아이스크림'이 아닙니다. 봐줄 거 다 봐주다가는 아무것도 못 씁니다. 기자 말고 다른 직업을 찾아야 합니다. 입맛에 맞는 기사만 쓰라고 언론과 기자가 존재하는 게 아닙니다. 국민들이 기자를 존중하는 건 음지에 있는 걸 양지로 끌어내 건강한 사회의 빛을 쬐게 해 달라는 주문입니다. 쓸 건 써야 합니다.

불의를 보고 눈 감아버리면 기자 스스로도 찔립니다. 얼굴이 화끈거리고, 양심의 가책을 느낍니다. 그러나 금세 자기 행동을 정당화합니다. 모래 속에 얼굴을 파묻고 아무도 찾지 못할 것이라 믿는 타조처럼. 기자는 불의와 타협하지 않아야 합니다.

지역 언론이 건강해야 지역민이 건강해집니다. 지역민이 건강해야 지역사회가 발전합니다. 지역사회가 발전해야 지방자치가 뿌리내릴 수 있습니다. 지역의 정치권과 행정은 지방자치니, 분권이니 열심히 떠드는데요. 그것의 본질이 무언지 알거나, 또는 알려고 하는 기자는 몇이나 될까요.

권력에 빌붙어 곡학아세曲學阿世하며 기사를 엿(광고)이랑 바꿔 먹는 기자도 수두룩합니다. 그런 기자들은 '촌 기자'라고 불립니다. 지역의 권력을 감시하고, 견제하며, 바른길로 안내하는 지역 언론의 역할을 기대합니다.

한때 유력 대권후보였던 안희정 전 충남지사 사건은 지역 사회에 부끄러운 일이었습니다. 저는 지역 언론의 책임이 크다고 봅니다. 도정보다 대권 행보에 치중했던 그를 매섭게 몰아붙이지 못했기 때문입니다. 꽃길보다 예방주사를 놔줬어야 합니다. '수신제가修身齊家'해야 '치국治國'도 '평천하平天下'도 가능하다는 걸 알려줬어야 했습니다. 그렇지 못한 충청도 기자의 한 사람으로서 부끄럽습니다.

지역 언론은 말입니다. 국회의원이든, 지방의원이든, 도지사든, 시장이든, 군수든 부조리와 비리, 불의를 저지른 권력자에 비판을 주저하지 않아야 합니다. 용기를 갖고 펜을 굴려야 합니다. 기자 뒤에는 지역민이라는 든든한 '빽'이 있기 때문입니다.

위정자에 관대한 언론은 언론이기를 포기한 언론입니다. 언론이 건강하지 못한 지역은 주민들이 고달픕니다. '촌 기자'가 되지 맙시다. 쓸 건 쓰는, 강단 있는 '기자'가 됩시다.

기자는 보이는 것만 믿는다?

'기자는 보이는 것만 믿는다' 이 말에는 여러 뜻이 담겨 있습니다. 기자는 사실을 보도하는 직업입니다. '팩트' 확인은 기본입니다. 신빙성 높은 제보라도 취재를 통해 확인하기 전까지는 의심해야 한다는 얘깁니다. 제보자나 취재원의 제보가 일방적 주장이거나 불순한 의도를 품고 있을 수 있으니까요. 제보자는 믿을만해도, 제보까지 믿었다간 오보를 내기 십상입니다. 기사는 사실성을 추구해야 합니다.

'기자는 보이는 것만 믿는다' 두 번째는 편향 보도를 의미합니다. 기자도 사람인지라 '성향'이라는 게 있는데요. 보고 싶은 것만 보고, 쓰고 싶은 것만 쓰려는 기질이 있습니다. 특정 정당이나 정치세력을 옹호하는 논조의 신문사와 기자가 대표적입니다. 정치적으로 편향된 보도를 하는 진보 매체와 보수 매체를 생각하면 이해하기 쉽습니다. 가령 정치권을 떠들썩하게 만든 '공수처'를 떠올려 보세요. 진보 매체는 옹호하고 찬성한 것과 달리, 보수 매체는 부정적이고 비판적 기사로 일관했습니다.

언론이 특정 정파의 목소리만 대변할 순 없습니다. 대한민국 국민은 진보와 보수, 중도의 정치적 성향과 이념을 갖고 있기 때문입니다. 다만 정파나 이념을 반영한 기사를 쓰더라도 '사실fact'을 전제해야 한다는 건 이론의 여지가 없습니다. 사실을 전제로 설득과 논리적 근거를 제시해야 비로소 독자들에게 객관적 정보를 전달할 수 있기 때문입니다. 그렇지 않으면 이념 대립과 갈등을 조장해 극심한 양극화를 초래할 뿐입니다.

'기자는 보이는 것만 믿는다' 마지막 해석은 왜곡 보도입니다. '왜곡'은 있는 그대로 보지 않고, 사실과 다른 해석을 내리는 걸 말하는데요. A라는 사실을 A—1, A—2, A—3로 분석하거나 해석하지 않고, B, C, D처럼 전혀 다른 성질의 것으로 몰아가는 경우입니다. 결과적으로 'A는 사실이 아니다'로 끝내는 식이죠.

기자가 미리 결론을 내려놓고 기사를 쓰는 경향이 뚜렷합니다. 취재 과정에서 확인한 사실도 기자 입맛에 맞지 않으면 버려지거나 묻힙니다. 오로지 기자가 의도한 부분만 재단하고 포장합니다. 선의의 피해자가 발생하는 지점입니다. 독자들에도 거짓과 잘못된 정보를 전달하는 셈이죠.

예를 들면, 대기업 광고를 받거나 받으려는 기자는 그 회사의 비리를 알고도 '패싱'합니다. 보도하지 않습니다. 사장이 직원을 함부로 대하거나 임금체불과 관련한 제보를 받고서도 모른 척합니다. 오히려 그걸 빌미로 '거래'를 하는 기자도 있습니다.

이런 사례도 있습니다. 해당 기업이 미담 자료를 내놓으면, 대한민국에서 이보다 더 좋은 회사는 없고, 사장은 '노블레스 오블리주'를 실천하는 최고 경영자인 양 홍보에 열을 올립니다.

유력 언론과 기자들이 정권의 입맛에 맞게, 반대로 정권을 대놓고 씹기 위해 허위사실이나 왜곡 보도를 일삼는다면 그 나라는 어떻게 될까요? 국론 분열과 국민 불안만 증폭할 따름입니다.

언론과 기자 스스로 '보도'에 믿음을 가져야 합니다. 사실성과 객관성에 더해 가치중립적이어야 합니다. 책임질 줄도 알아야 합니다. 말도 안 되는 걸 '기사'라고 써놓고, 신뢰를 바랄 순 없습니다. 정상적이고 상식적인 구조가 작동하지 않으니 기자는 '기레기' 소리를 듣고, 언론은 '개혁'의 도마 위에 오른 것 아닐까요? 기자는 '진실'을 찾고, 보고, 써야 합니다.

'독자'라는 손님을 끌어오는 비법

'금강산도 식후경'이라고 배가 고프면 어떤 일도 하기 싫습니다. 일단 배를 채운 뒤에 볼 일입니다. 직장인 고민 중 하나가 바로 점심 메뉴 선택일 겁니다. 저 역시 "오늘은 또 뭘 먹어야 하나~" 할 때가 하루 이틀이 아닙니다.

누군가와 약속이 생겨 찾은 식당이 있는데 음식 맛이 좋으면 단골이 됩니다. 그래서 다른 누군가와 점심 약속이 생기면 그 집을 먼저 떠올립니다. 누군가로부터 추천받은 식당 음식이 입맛에 맞으면 주변 사람에 알려주고, 그렇게 입과 입을 통하다 보면 '소문난 맛집'이 되겠지요.

소문난 맛집은 다 이유가 있습니다. 서울 중림시장 한쪽

좁은 골목길에 유명한 설렁탕집이 있는데요. 평범한 시장통 국밥집 같습니다. 반찬도 달랑 김치에 깍두기인데 갈 때마다 손님들로 북적입니다. 초행인 사람은 잘 찾지도 못할 정도인데, 전국 각지에서 사람들이 몰려든다고 합니다. 곰탕과 설렁탕의 진한 국물 맛은 이곳이 맛집이라고 불리는 이유입니다.

식당 건물이 번지르르하다고 해서 다 맛 집이 아닙니다. 종업원이 수십 명이고, 10첩 반상이 나오는 특급호텔 식당도 비싸다는 소리만 들었지, '맛있다'라는 소리는 못 들어봤으니까요.

그렇습니다. 규모가 작아도 음식에 솔직한 맛과 정성이 배어 있으면 그 집이 맛집입니다. 손님에게 깍듯하고, 종업원의 작은 실수에도 사장이 직접 사과하고 책임지는, 그런 집이 맛집입니다. 솔직, 정성, 책임. 이것이 소문난 맛집의 비결이라고 생각합니다.

언론도 마찬가지입니다. 중앙의 유력 일간지라고 다 잘 팔리는 건 아닙니다. 독자의 무한 신뢰를 받는 것도 아닙니다. 오보에 책임질 줄도 모릅니다. 기득권에 맛 들어 공기公器를 흉기처럼 휘두르는 언론도 차고 넘칩니다. 반대로 '듣보잡' 언론이라고 전부 '사이비', '기레기'는 아닙니다. 영세한 언론이라도 소신과 사명감으로 알차게 운영하는 언론사와 기자들이 많으니까요.

밥 먹을 땐 '정론직필'을 부르짖다 자리가 끝나면 '광고 수주'에 혈안이 되는 게 작금의 우리 언론 현실입니다. 그러면서 어떻게 해야 독자를 늘리고, 사세社勢를 넓힐지 궁리합니다. 그런 언론은 맛집이 될 수 없습니다. '칼보다 강하다는 펜'으로 자기들 입맛에 맞게 기사를 요리하고, 남의 기사나 베껴 쓰고, 독자를 기만하는 언론은 문을 닫아야 합니다. '독자'라는 손님들이 찾지 않기 때문입니다.

맛집은 하루아침에 만들어지지 않습니다. 짜장면 한 그릇을 팔더라도 손님에게 솔직하고 친절해야 합니다. 손님이 맛없다고 불평하면 부끄러운 줄 알아야 합니다. 신新메뉴 개발도 부단히 노력해야 합니다. 그러면 서울, 대전, 대구, 부산 찍고, 제주도, 마라도까지 입소문 나지 않겠어요?

언론도 그랬으면 합니다. 짜장을 짬뽕이라고 속이지 않았으면 좋겠습니다. 맛은 형편없으면서 비싼 돈 주고 사 먹으라고 강요하지 않았으면 좋겠습니다. 단신 하나도 제목 예쁘게 달고, 사진 설명까지 해 주는 정성과 친절을 보였으면 좋겠습니다. 기사로 선량한 시민이 상처받고 피해 보지 않을까 확인하고 고민하면 좋겠습니다.

기사에 책임질 줄 아는 언론사와 기자가 더 많아지길 바랍니다. 단골 독자가 많아지는 건 덤이고, 독자들에게 언론의 신뢰를 심어줄 테니까요. 음식이든 기사든, 맛이 있으면 산 넘고 물 건너 바다 건너라도 다 찾아옵니다. 그나저나 오늘 점심은 또 뭘 먹어야 할지 걱정입니다.

조회 수라는 함정에 빠지지 말 것

두 달 전 시작한 브런치 글이 1만 조회 수를 향해 갑니다. 평균 조회 수가 100회 이하였을 땐, 그러려니 했습니다. 처음이니까, 이 동네에선 어떤 글이 잘 먹히는 줄 몰랐거든요. 뭐, 지금도 마찬가지입니다. 그러던 어느 날, 해가 서쪽에서 떴습니다. 마법 같은 일이 벌어진 거죠.

조회 수가 폭발했습니다. 마치 필리핀 마닐라에서 43년 만에 폭발한 탈Taal 화산처럼. 기분 좋으면서도 한편으론 불안했습니다. '이러다 거품처럼 금방 꺼지는 거 아니야?' 불길한 예감은 빗나간 적이 없습니다. 요즘 조회 수는 다시 두 달 전으로 돌아갔습니다. 날카로운 첫 키스의 추억처럼, 한숨의 미풍처럼 훨

휠 날아갔습니다.

> 님은 갔습니다. 아아, 사랑하는 님은 갔습니다. 푸른 산빛을 깨치고 단풍나무숲을 향하여 난 작은 길을 걸어서, 차마 떨치고 갔습니다. 황금의 꽃같이 굳고 빛나던 맹서는 차디찬 티끌이 되어서 한숨의 미풍에 날아갔습니다. 날카로운 첫 키스의 추억은 나의 운명의 지침을 돌려놓고, 뒷걸음쳐서 사라졌습니다. ―한용운 「님의 침묵」 중에서

조회 수에 일희일비하지 않겠노라 다짐하고, 다짐하고, 일백 번 고쳐 다짐했는데요. 사람 마음이 참 간사하더라고요. 저는 오늘도 님 떠난 단풍나무숲 대신 나뭇가지만 뚫어져라 바라보는 속물입니다.

저는 인터넷신문 기자로 매일 기사를 씁니다. 독자들 눈에는 안 보이는데요. 저는 제 기사 조회 수를 볼 수 있습니다. '관심법'이 있는 건 아니고요. 인터넷신문 시스템이 대개 그렇습니다. 조회 수가 많은 제 기사를 보면 노력의 대가처럼 느껴져서 뿌듯합니다.

그런데 어떤 언론사는 조회 수를 늘리려 익명으로 연예 기사를 퍼 나르고, 이상야릇한 제목으로 독자에게 접근합니다. 독자가 물고기도 아닌데, 미끼를 던지고 낚시하고 있습니다. 그

렇게 한다고 순수 독자가 늘어나는 것도 아닌데, 조회 수에 목매는 언론이 많습니다. 결국은 '광고'와 맞닿아 있기 때문인데요. '독자=돈'으로 보고, 조회 수라는 함정에 빠져 허우적대는 언론의 현실이 슬플 따름입니다.

한때 지역 이름이 들어간 코로나19 확진자 기사를 쓰면 조회 수가 폭증한 적이 있습니다. 물론 그런 기사도 필요합니다. 코로나로 공포와 불안에 떠는 독자들에게 그보다 중요한 정보 제공은 없으니까요. 그런데 말입니다. 조회 수가 많다고 기사로서 가치가 있고, 적다고 쓸모없는 기사라고 단정할 순 없습니다.

앞에서 이야기했듯이 조회 수나 올리려고 얄팍한 수작을 부리거나 사실이 아닌 '가짜 뉴스들'이 온라인 여기저기서 활개치고 있으니까요.

글이든, 기사든 '양보다 질'입니다. 조회 수라는 덫에 걸려 꼼짝 못 하는 작가와 기자가 되지 않겠습니다. 오늘 쓴 글이 조회 수 100회를 못 넘어도, 슬퍼하거나 노여워하지 않으렵니다. 내일은 내일의 태양이 뜰 테니까요. 그러다 보면 또 좋은 날 오겠지요. 별을 노래하는 마음으로 쓰겠습니다.

언론,
늬들이
백신을 알어?

우리나라도 코로나19 이후 백신 접종을 시작했습니다. 시간이 필요하겠지만, 언젠간 바이러스로부터 해방하는 날이 오리라는 희망이 조금씩 생기고 있습니다.

지금도 몇 년 동안 일상을 옥죈 바이러스로 우리뿐만 아니라 전 세계가 신음하고 있습니다. 백신 접종에도 불구하고 확진자가 발생하고, 사망자가 생겨나고, 경제 상황은 회복되지 못하고 있으니까요.

언론의 역할이 어느 때보다 중요한 시기입니다. 그동안 언론은 확인되지 않은 사실을 보도하며 국민을 불안에 떨게 했습니다. 초창기 백신인 아스트라제네카의 안전성 문제가 대표적입니다. 65세 이상 고령층 접종이 미뤄진 건, 임상 단계에서 만족할 만한 표본을 확보하지 못했기 때문인데요. 일부 언론은 이걸 백신의 안전성에 중대한 문제가 있어서 그런 것처럼 호도했습니다. 그래서 국민적 불신이 커지면 누구에게 도움이 되는 걸까요? 백신을 안 맞겠다는 사람들이 많아지면, 백신 접종은 왜 한 걸까요?

정치권의 일방적 주장을 무분별하게 싣는 언론, 근거 없는 해외언론 보도를 베껴 쓰거나 비전문가의 SNS 글이 마치 전문가 의견인 양 보도하는 언론에서 국민들은 매우 혼란스럽습니다. 권준욱 국립보건연구원장은 2021년 2월 27일 〈KBS 심야토론〉에 출연해 "기자협회 스스로 보도 준칙을 만들어 상황이 불명확하거나 방역 당국이 꺼려지면, 의과학 전문가에 확인하도록 돼 있다"며 "의심스러운 상황이 생기면 당국에선 가장 빠르고, 신속하고, 투명하게 전문가 의견을 수렴할 것"이라고 말했습니다.

코로나19 대응은 정치가 아니라 '과학'의 영역을 중심으로 이루어져야 합니다. 언론이 정치인이 아닌, 의료진과 방역 당국 등 전문가 의견과 판단을 바탕으로 보도해야 하는 이유도 여기에 있습니다. 백신만 맞는다고 금세 코로나19가 사라지진 않을 겁니다. 변이가 들어와 백신 효과가 떨어지면 어쩌나 우려도 있습니다. 전문가들은 백신 접종으로 면역력이 확보된다고 해도 상당 기간 마스크 착용과 거리두기는 불가피할 거라고 합니다.

따라서 언론은 인과관계가 분명하지 않은 이상 반응이나 예상치 못한 상황에 대한 보도에 신중해야 합니다. 그렇지 않으면 순탄한 접종에 큰 방해가 될 수 있기 때문입니다.

> 백신 이상 반응에 대한 보도는 1. 선정적인 제목을 달면 안 된다. 2. 인과관계가 확인될 때까지 유보적 태도의 보도가 되어야 한다. 3. 백신 전문가의 의견을 반드시 인용해야 한다. 4. 정치인의 비과학적 언급을 따옴표 처리하여 언급하는 것은 절대 해서는 안 된다. 제발 부탁드린다.
>
> — 2021년 2월 26일, 이재갑(한림대 감염내과 교수) 페이스북

코로나19가 종식되고, 일상을 회복하려면 현재의 문제점을 정확히 진단하고, 향후 치료 시스템을 보다 나은 방향으로 갈 수 있도록 안내하는 게 언론의 역할이라고 봅니다.

국민들이 맞아야 할 백신이 불안하지 않고, 불신도 갖지 않게 올바른 메시지를 전달해야 합니다. 동시에 정부나 방역 당국도 언론에 투명하고 신속한 정보를 제공해야 하겠습니다. 저는 3차 접종까지 마쳤습니다. 곧 4차 접종도 할 예정입니다.

재난 보도가 '재난'이 되면 안 되는 이유

코로나19 2년 차 추석입니다. 정부는 올해도 코로나 집단 감염 우려로 귀성·귀향 자제를 당부하고 있습니다. '추석 전 국민 70% 1차 접종' 목표를 달성해 그나마 다행입니다. 덕분에 지난해 명절보다는 모임 인원이 최대 8명으로 늘어났는데요. 명절 이후 또 얼마나 많은 확진자가 쏟아질지 걱정입니다.

감염 발생률이 높은 젊은 층 백신 접종률이 더 높아져야 하는데요. 언론에서 자꾸만 뒤숭숭한 기사만 내놓고 있으니 불안해서 눈치만 보는 것 같습니다. 미룰 데까지 미뤄보다 정 안 되겠다 싶으면 맞겠다는 겁니다. 저도 기자이지만, 관련 기사를 보면 백신 확보가 정상적으로 이루어지고 있는지 의심이 들 때가 있습니다.

특히 백신 접종 간격이나, 효용성, 부작용 우려를 전하는 언론 보도는 불안의 강도를 더 높입니다. 백신 접종률이 증가하는 데 도움은 못줄 망정, 해害를 끼치는 보도는 지양해야 합니다. 국민과 국익에 하등 이로울 게 없기 때문입니다. 물론, 국민의 '알 권리' 차원에서 필요한 정보는 제공해야 합니다. 하지만 터무니없는 주장이나 왜곡 보도로 국민 불안을 높이는 건 언론으로서 제 역할과 소명 의식을 저버리는 행위입니다. 재난 보도 그 자체가 '재난'이 되면 곤란합니다.

백신 1차 접종 70%를 달성하는 과정에서 언론 보도가 최대 걸림돌로 작용했다는 뉴스를 봤는데요. 예로 든 몇몇 언론사의 제목만 봐도 어처구니가 하늘을 찌르고, 한심함이 염장을 지르고 맙니다.

〈'1차 접종 70%' 달성.. 최대 걸림돌은 언론보도?〉

70%까지 오는데 여러 난관이 있었습니다만, 언론 보도도 그 난관 중 하나가 아니었을까 싶습니다. 1년 넘게 허송세월하고 이제부터 3년은 걸릴 거야… 그러더니, 4월에 접어들면서 다른 나라와의 비교를 내놓죠. 여러 종류의 백신을 확보하면서 1차 접종이 40% 이상 진행되자, 이번엔 2차 접종 늦는 걸로 공격합니다. 그러면서, 11월 집단면역

70% 달성은 어렵다는 기사가 이어집니다. 그런데 말입니다. 늦는 게 안타까우면 빨리 맞으라 할 것이지, 맞지 말라고 은근 불안감을 부추깁니다.

— 2021년 9월 17일, YTN 〈변상욱의 앵커 리포트〉 중에서

어이없음은 두말할 나위도 없고요. 금방이라도 난리가 쳐들어올 것처럼, 무능한 정부는 어쩔 줄 몰라 손 놓고 있는 것처럼, 그래서 세상이 다 망할 것처럼 써놓더니요. 며칠 만에 '무슨 일 있었느냐'라는 듯 슬그머니 꼬리를 내립니다. 태도가 확 바뀝니다. 야누스 같은 언론의 이중성은 어디서 배운 작태인지, 볼수록 한숨만 나옵니다.

우리가 놓쳐선 안 될 문제는 '원칙 없음'이다. 의도적으로 사실을 누락하거나 축소하고 왜곡하는 등 언론의 기본을 지키지 않은 채 특정 정치 세력을 옹호하는 행위. 이것이 바로 정파 저널리즘이 언론의 신뢰 하락으로 이어진 원인이다. 이 문제는 언론사의 자정 노력만으로 해결되지 않는다. 뉴스 소비자가 언론이 무엇을 누락하거나 숨기고 왜곡했는지 밝혀낼 눈을 가질 때만 해결될 수 있다. 조선일보도, 한겨레도 믿지 마라. 믿을 것은 오로지 뉴스 소비자의 눈뿐이다.

—조윤호 『나쁜 뉴스의 나라』 중에서

짜장이든 짬뽕이든 제 맛을 내야

언론은 객관성, 중립성, 사실성을 추구합니다. 함축하면 '공정'인데요. 여러분은 언론이 공정하다고 보십니까? 아니면 주관적이고, 편향적이라고 생각합니까?

"경향신문과 한국리서치가 지난 3~4일 전국 성인 남녀 1000명을 대상으로 실시해 5일 공개한 창간 74주년 기념 여론조사 결과, 응답자 59%가 '우리 사회가 공정하지 않다'(별로 공정하지 않다 38%, 전혀 공정하지 않다 21%)고 답했다. '공정하다'는 32%(매우 공정 4%, 대체로 공정 27%)였다. 문재인 정부 출범 후 사회가 '공정해졌다'는 응답은 35%로 '불공정해졌다'(29%)보다 높았다. '별다른 차이가 없다'는 30%였다. 가장 불공정한 분야로는 응답자의 37%가 '정치권'을 지목했다. 법조계(22%)·언론계(11%)도 불공정이 심한 곳으로 꼽혔다."

— 2020년 10월 6일, 〈경향신문〉 기사 중에서

우리나라에서 개혁이 시급한 3대 집단이 가장 불공정한 분야로 꼽혔습니다. 정치개혁, 사법개혁과 함께 언론이 개혁 대상이 된 지 오래입니다. 공정과 정의를 추구할 언론이 어쩌다 이 지경에 이르렀는지 참담할 따름입니다.

누가 물었습니다. "공정한 언론과 불공정한 언론은 어떻게 구분하나요?" 난감한 질문입니다. 교과서적으로는 객관성, 중립성, 사실성을 확보한 언론이 공정하다고 해야죠. 하지만 언론이 공정 보도 했어도 보는 독자나 시청자가 불공정하다고 느끼면 어떻게 하나요?

한 예로, 제 어머니는 보수 성향이 강한 분입니다. 문재인 정부가 하는 일은 다 못마땅해합니다. 정부 입장을 옹호할라치면 남는 건 언쟁뿐입니다. 웬만하면 어머니와 정치 얘기는 하지 않으려고 합니다. 그런 분께서 '조중동'이 아닌, '한경오'를 본다면 신뢰할 수 있을까요? 금방 신문을 덮거나 채널을 돌릴 확률이 높습니다.

정치인도 비슷합니다. 여당 의원을 만난 자리에서 야당을 칭찬하거나, 야당 의원 앞에서 주야장천 여당 얘기만 늘어놓으면 어떻겠습니까. 다음부터는 만나려고 하지 않을 겁니다.

사람들은 자기가 좋아하는 것만 보고, 듣고 싶어 하는 성향이 있습니다. '조중동' 보는 사람은 조중동만 구독합니다. 반대로 '한경오' 독자가 조중동을 선호하진 않습니다. 자기가 애독(애청)하는 언론사 보도가 진실이고 사실로 믿는 경향이 있습니다. 이는 곧 그 사람의 이념과 가치관에 상당한 영향력을 미칩니다.

언론은 그 지점을 파고듭니다. 자기들 입맛에 맞는 부분만 보도하고, '논조'로 포장해 정당화합니다. 앞뒤 다 자르고 '자기편'이 좋아할 만한 부분만 떼어내 여론화합니다. 정치권과 법조계 등 권력기관과 결탁해 기득권을 만듭니다. 전후 맥락을 알리 없는 절대 독자들은 활자화된 기사만 맹신하고 따릅니다. 반대 성향의 언론 매체를 불신하고 공격하는 이유입니다.

어떤 언론은 취재 단계부터 한 사람을 '조질' 작정으로 달려듭니다. 감정적이고 편향적이며, 악의적인 기사가 나올 수밖에 없습니다. 반론권을 달아주면 그나마 다행입니다.

형평성을 잃은 언론도 있습니다. 선거 기사를 예로 들면요. 여당 후보를 다섯 줄 썼으면, 야당 후보도 다섯 줄 써야 공정합니다. 그런데 특정 후보에 유리하게 지면을 많이 할애하는 언론이 있습니다. 의도적으로 독자들 표심을 한쪽으로 쏠리도록 유도합니다. 여론을 호도하고, 왜곡하고, 조작하는 '저질 저널리즘'의 단면입니다.

문제는 공익을 위한 진정성입니다. 중국집에 손님 두 명이 왔습니다. 한 사람은 짜장을, 다른 한 사람은 짬뽕을 주문했다고 가정하겠습니다. 선택은 각자의 취향이고, 자유입니다. 조중동 보고 싶은 사람은 조중동 보고, 한경오 보고 싶은 사람은 한경오만 보는 것처럼.

그런데 말입니다. 짬뽕에 국물을 안 넣고, 짜장에는 국물을 잔뜩 들이부었다면 어떨까요? 이건 사기죠. 짜장도 아니고, 짬뽕도 아닙니다. 손님들은 중국집 사장을 불러 따지겠죠. 이걸 짜장이고, 짬뽕이라고 만들었냐라고.

맞습니다. 짜장이든, 짬뽕이든 그 형태는 올바르고 온전해야 합니다. 맛도 좋아야 합니다. 그래야 손님들이 많이 찾고, 매출도 오르지 않겠습니까. 음식이 이상하고, 맛도 없으면 그 식당은 오래가지 못합니다. 여기서 중국집 사장은 언론사 사주입니다. 사주가 진정성을 갖고 언론사를 운영할 때 기자들이 올바르고 맛깔난 기사를 생산할 수 있습니다. 그래야 독자가 사기당했다는 기분이 안 듭니다. 믿고 봅니다.

기자는 자기 기사에 책임질 줄 알아야 합니다. 그래야 언론이 공정해집니다. 언론이 공정해져야 우리 사회도 공정해집니다. 언론이 얼마나 신뢰를 잃었으면, 기자를 '기레기'라고 부를까요?

질책만 말고 격려도 바랍니다. 세상에는 언론 민주화를 위해 애쓰는 분들이 많으니까요. 국민의 알 권리를 위해 이 시간에도 취재현장에서 분투하는 기자가 아주 많답니다. 오늘 쓴 기사 한 줄이 공정한 사회, 정의로운 사회에 영향력을 끼쳤나 성찰할 시간입니다.

〈경향신문〉 여론조사는 지난 2020년 10월 3~4일 전국 만 18세 이상 남녀 1,000명을 대상으로 했고, 표본오차는 95% 신뢰 수준에 ±3.1%포인트, 응답률은 25.2%(총 3,976명과 통화해 1,000명 응답). 자세한 내용은 중앙선거여론조사심의위원회 홈페이지를 참조하면 됩니다.

가짜 뉴스 때려잡기

'보이스피싱'이라고 아시죠? 세 치 혀와 뚫린 입으로 사기를 치려는 못된 자들의 전화를 받아본 분도 있을 겁니다. 우리는 대개 나이가 많은 어르신들이나 보이스피싱에 속아 피해를 본다고 생각하는데요. 저 같은 중장년층도 피해를 보는 사례가 왕왕 있습니다. 신종 수법이 얼마나 교묘하고 그럴싸한지, 피싱인 줄 알아채지 못하고 속아 넘어가는 피해자가 속출하고 있습니다.

보이스피싱 만큼 언론계에서 퇴출해야 하는 간악한 주제가 '가짜 뉴스'입니다. 거짓을 진짜처럼 교묘하게 속여 혹세무민하는 가짜 뉴스가 판을 치고 있습니다. 가짜 뉴스는 보이스피싱처럼 금전적 피해나 손해를 입히진 않습니다. 하지만 그에 못지 않은 사회악을 만들어내죠. 심지어 사람의 목숨을 앗아가기도 합니다. 대표적인 예가 지난 2004년 '쓰레기 만두' 사건입니다.

당시 유명 만두 체인점이나 전국 분식점에 만두를 납품해오던 한 식품회사가 중국산 저질 단무지나 썩은 무로 만든 불량 만두소를 납품한다는 소식이 언론에 보도됐습니다. 이밖에 24개 식품업체에서도 해당 회사의 재료를 사용해 불량 만두가 만들어지고 있다는 보도가 쏟아졌습니다.

뉴스의 파급력은 강했습니다. 사람들의 강한 분노를 유발했기 때문입니다. 급기야 증시까지 영향을 끼쳤습니다. 한동안 만두를 구매하는 사람들의 발길이 끊겨 만두 음식점을 운영하는 자영업자들은 큰 피해와 고통을 겪어야 했습니다. 그 과정에서 해당 업체 대표는 억울함을 호소하며 극단적인 선택을 하기에 이르렀습니다. 이 사건 이후에도 한동안 만두를 찾는 사람들의 발길이 끊기면서 만둣집 사장님들은 큰 피해를 봤습니다.

그런데 말입니다. 사건 발생 한 달 뒤, 식약청 검사 결과 만두소에 유해 성분이 들어있지 않은 것으로 드러났습니다. 불량 재료로 보도했던 썩은 무말랭이와 단무지는 애초에 만두소로 넣을 게 아니었습니다. 음식물 쓰레기로 처리하려고 했던 거죠.

엎질러진 물은 도로 담을 수 없는 법입니다. 당장 언론에 대서특필되면 관련 업계는 초토화되는 게 현실이니까요. 애먼 업체 대표만 죽음에 이르게 만든 어이없는 보도였습니다. 그 어떤 언론사도 유족에게 사과하지 않았습니다. 2016년 개봉한 영화 〈트릭〉은 이 쓰레기 만두 사건을 소재로 삼기도 했습니다.

어디 쓰레기 만두뿐이겠습니까. 이명박 정부 시절 'PD수첩'의 광우병 보도가 그랬고, 1989년 시작해 7년 9개월의 법정 공방 끝에 무죄 판결을 받은 '삼양라면 공업용 우지 파동 사건'이 그랬습니다. 특히 사람들은 먹는 걸로 장난치는 것에 극도로 민감한 탓에 이런 보도 하나에 타격을 받는 업체는 살아남기 어렵습니다.

그럼 'MZ세대'라고 불리는 요즘은 어떨까요? 가짜 뉴스가 판칠 환경은 더 넓어졌습니다. 유튜브와 SNS 등을 통해 거짓말 범벅의 정보가 범람하고 있습니다. 그러나 법적 규제와 처벌이 약하다 보니 가짜 뉴스는 더욱 극성을 부리고 활개 치고 있습니다. 피해자 숫자도 기하급수적으로 늘어나고 있습니다. 더 심각한 문제는 세대 간의 갈등, 진영 간의 갈등을 촉발하고 있다는 겁니다. 팩트 체크를 하지 않은 유튜버들이 버젓이 언론 행세를 합니다.

가짜 뉴스 유포를 통해 '확증편향'을 가중하고, 정치세력화를 부추기고, 조회 수에 기반한 광고 수익을 챙기려는 의도입니다. 유튜브나 SNS에서 떠도는 확인되지 않은 정보를 퍼다가 기사로 쓰는 언론도 등장하고 있습니다.

이런 경향은 AI (인공지능) 시대 더욱 심화할 전망이라고 합니다. 기자가 아니어도 알고리즘을 입력해 원하는 방향의 가짜 뉴스를 무궁무진하게 만들어낼 수 있기 때문입니다. 그래서 롤프 도벨리Rolf Dobelli는 "뉴스를 끊자"라고 주장합니다.

> 앞으로 뉴스는 진실과 더 멀어질 것이다. 알고리즘은 당신의 가장 깊은 곳까지 파악할 뿐 아니라 계속해서 창의적으로 발전할 것이다. (중략) 당신을 광고로 끌어들이고 당신의 데이터를 수집하기 위해 가능한 한 오랫동안 당신의 관심을 인질처럼 붙잡아 두려고 한다. (중략) 과거 거짓 선전 뒤에는 사람이 있었으며 그는 도덕적 양심과 싸워야 했지만, 미래에는 오직 컴퓨터 프로그램이 거짓을 생산할 것이다.
>
> ㅡ롤프 도벨리 『뉴스 다이어트』 중에서

그런데 어디 그게 쉽나요? 씻는 시간과 잠자는 시간 빼고 늘 손에서 떨어지지 않는 핸드폰 그리고 그 안에서는 메타 정보가 넘칩니다. 그 속에서 유령처럼 다가와 속삭이는 가짜 뉴스의 유혹에 넘어가는 사람들은 지금도, 앞으로도 넘쳐날 겁니다.

> **〈한국인 82% "가짜 뉴스 확산은 국가적 위협"〉**
>
> 우리 국민 10명 중 8명꼴로 가짜 뉴스 확산을 심각한 국가적 위협으로 인식한다는 설문조사 결과는 가히 충격

적입니다. 미국 여론조사 업체 퓨리서치센터는 현지시각 지난달 31일 이러한 내용을 담은 선진국 설문조사 결과를 발표했습니다. 조사 결과에 따르면 '온라인상 가짜 정보 확산'이 자국에 주요한 위협이 된다고 꼽은 비율이 한국에서 82%에 달해 19개국 중에서 가장 높았습니다. 이는 19개국 평균인 70%를 크게 웃도는 것이기도 합니다.

— 2022년 9월 1일, 〈KBS 뉴스〉 기사 중에서

그럼 대체 어떻게 뉴스를 끊어야 할까요? 어떻게 하면 가짜 뉴스를 때려잡을 수 있을까요? 저 역시 정답은 모르겠습니다. 뉴스 대신 책을 한 장 더 보시라고 권할 수밖에. 단편적인 기사보다 심층적이고 분석력 깊은 기사를 보라는 권유 밖에. 비판적 읽기를 습관화하라고 조언할 수밖에.

결과적으로 가짜 뉴스에 대한 법적 처벌을 강화할 수밖에 없지 않을까요? 가짜 뉴스 1회 적발 시 경고, 2회 적발 시 1년 이하의 징역 또는 3천만 원 이하 벌금, 3회 적발 시 10년 이하의 징역 또는 3억 원 이하 벌금, 4회 적발 시 무기징역, 5회 적발 시…음, 거기까진 언급하지 않겠습니다. 어차피 현실 가능성이 거의 0(제로)일 테니까요. 어쨌든 저는 오늘도 내일도 모레도 '진짜 뉴스'를 쓰겠습니다.

'MBC'보다 '문화방송'이 어울려요

제574돌 한글날. 국가대표와 올림픽 대표 축구 경기를 중계한 MBC는 화면 오른편 위쪽에 '문화방송'이라고 썼습니다. 야구 경기를 중계한 SPOTV는 '스포티비', 국내 최대 검색 매체 NAVER는 '네이버'라고 회사 이름을 한글로 표기했습니다.

영어에 익숙했던 이름을 한글로 쓰니 어딘지 모르게 어색해 보였습니다. 참 이상하죠? 우리나라 사람들이 우리말을 쓴 건데, 외국어보다 낯설게 느껴지니까요.

우리는 세종대왕 덕분에 고유의 말과 글을 가졌습니다. 우리 말과 글이 있다는 건 얼마나 큰 행복인지 모릅니다. 하지만 우리는 한글이 주는 행복을 체감하지 못합니다. 마치 항상 곁에 있어 그 소중함을 모르는 물과 공기처럼. 언론도 한글날이나 우리 말과 글의 소중함을 반짝 알리고 말 뿐입니다.

언론은 공공재입니다. 국민이 알아야 할 정보를 알려주는 창구입니다. 신문과 방송 보도는 '말'과 '글'을 통합니다. 그런데 대학에서 국어국문학을 전공한 저부터 기사에 외래어를 쓸 때가 많습니다.

우리말로 고쳐 쓰려고 하는데 쉽지 않습니다. 말과 글은 민족의 혼과 얼입니다. 36년 동안 조선을 지배했던 일본이 우리 말과 글을 없애려고 한 까닭입니다. 개중에는 한글보다 외래어가 사람들의 이해를 돕는데 쉬울 때가 있습니다. 가령 '에어로빅', '볼펜', '패션' 같은 단어를 우리말로 고쳐 쓰면 금방 이해할 수 있을까요? 그만큼 외국어와 외래어가 우리 국민들의 일상에서 차지하고 있는 비중이 어느 정도인지 알 수 있습니다.

그래도 언론은 우리말 표기에 부단히 노력해야 할 것입니다. 앞서 언급했듯이 언론은 공공재의 성격과 역할을 가졌기 때문입니다. 사람들은 언론이 사용하는 말과 글을 따라 합니다. 힘들고 어려운 외래어라도 우리말로 바꾸는 노력과 작업을 언론부터 했으면 좋겠습니다.

당장 저부터 원고지 열 장도 안 되는 이 글을 쓰면서 외래어를 쓰지 않으려는데 꽤 힘듭니다. 우리말 쓰기에 노력하겠습니다. '사람들마다 쉽게 익혀 매일 쓰게 하여 편안하게 할 따름'

이라던 세종대왕의 애민과 소통의 정신을 명심하겠습니다.

> 중요한 말일수록 모든 국민이 오해 없이 두루 사용할 수 있도록 쉽고 알기 쉬운 우리말 표현으로 바꾸는 작업이 중요한 까닭이다. 그것이 말이 오르고 나라가 오르는 길이다.
>
> — 소강춘, 국립국어원장

우리나라에는 수백 개 언론사가 있고, 기자의 수는 셀 수 없을 정도인데요. 한글 맞춤법을 제대로 알지 못하는 기자가 수두룩합니다. 우리말 쓰기도 중요하지만, 맞춤법부터 공부해야겠습니다. 우리말도 모르는 기자는 기자의 자격이 없으니까요. '아는 게 힘'입니다.

“여러분은 아직도 언론을 믿습니까?”

“여러분은 아직도 언론을 믿습니까. 수많은 오보를 내고도 책임지지 않는 언론, 오늘 시사직격, 비틀거리는 우리 언론의 현실을 다룹니다.”

2020년 10월 24일 방송된 〈KBS 시사직격— 언론, 비틀거리다〉 오프닝 멘트입니다. 언론계 현실을 목도한 1시간 내내 불편했습니다. ‘기자’라는 이름으로 매일같이 ‘기사’를 쓰면서 나는 독자들에게 얼마나 신뢰를 줬던가. 또 나는 내 기사에 얼마나 책임졌는가. 쥐구멍이 있으면 들어가고 싶을 만큼, 부끄러웠습니다.

한국언론진흥재단이 지난 2017년 국내 기자 1,677명을 대상으로 진행한 '한국 기자들의 언론 인식' 설문조사 결과는 참담하고, 씁쓸했습니다. 기자들 스스로 자기들 기사를 신뢰할만하다고 답한 수치가 17.4%에 불과했기 때문입니다.

기자들은 또 '오보'가 발생하는 가장 큰 원인(91.2%)으로 '사실 미확인' 또는 '불충분한 취재'를 지목했습니다. 방송에 출연한 정연주 전 KBS 사장은 "오보, 왜곡, 선정 보도와 같은 질 낮은 기사가 원인"이라고 진단했습니다. 정 전 사장 역시 지난 2008년 왜곡 보도로 배임죄 누명을 쓰고 해임된 피해자 중 한 사람입니다.

진행자: 오보는 왜 나오는 걸까요?

정연주 전 KBS 사장: (기자가) 제대로 취재하지 않았기 때문입니다. 기자의 취재 원칙을 제대로 지키지 않은 것이지요.

진행자: 징벌적 손해배상제도가 그런 맥락인 것 같습니다. 하지만 찬반이 나뉘어 있습니다. 한쪽에서는 언론의 자유를 위축시킬 수 있다고, 한쪽에서는 책임을 제대로 물을 수 있는 거의 유일한 방법이라고 합니다.

정연주 전 KBS 사장: 언론 스스로 먼저 책임을 물어야 합니다.

징벌적 손해배상제. 오보를 낸 언론사에 민사상 책임을 묻는 제도인데요. 법무부는 법무부는 2019년 9월 언론의 오보에 고의·중과실이 인정될 경우 손해의 5배를 넘지 않는 범위에서 배상 책임을 져야 한다는 내용의 법률 개정안을 발표했습니다.

어떤 제도이든 도입 전 갑론을박이 있는 건 당연한데요. 〈미디어오늘〉이 지난 2020년 5월 실시한 여론 조사결과, 국민의 81%가 징벌적 손해배상제에 찬성한다는 결과가 나왔습니다. 언론이 국민적 신뢰를 잃은 지금, 개혁까진 아니라도 스스로 자정 노력이 필요하지 않을까요? 언론 윤리를 지키며, 보도 준칙에 따라 취재하고, 공정하고 사실대로 보도하면 소송당할 일은 없을 테니까요.

허위 보도에 대한 위축 효과라면 그것은 허용될 만한 위축 효과가 아닐까 생각한다. 공익에 관한 사안이고, 어느 정도 합리적 근거가 되면 면책이 되고 있기 때문에, 그것까지 걱정할 것은 아니지 않나. 착실하게 크로스 체크를 하고 사실 확인을 위해 노력하고 있는 보도들이라면 사실 별로 걱정할 것이 없는 제도 아닌가 생각한다.

— 김윤우, 변호사

오죽했으면 여기까지 왔겠어요. 누구나 잘못을 하면

사과를 하고, 책임을 지게 되어 있어요. 그런데 언론만 지금껏 자신들 권리는 무한대로 누리고 책임은 아무것도 안 지는 엄청나게 행복한 사회에서 살았는데 이렇게 조금 바뀌긴 해야죠.

— 주진우, 기자

결국 이 논란은 언론이 자초한 결과입니다. 기자협회보가 2019년 8월 한국기자협회 소속 114개 언론사 653명을 대상으로 한 설문조사 결과 기자들의 72.2%가 국민들이 언론을 신뢰하지 않는다고 답했습니다. 그 이유는 검증 없는 받아쓰기와 정파성이 문제라고 했습니다. 국민의 신뢰가 바닥에 떨어진 언론입니다. 비틀거림이 아니라, 이미 무너졌습니다. 언론 스스로 일어나지 못한다면, 외부의 압력은 커질 수밖에 없습니다.

'단독'이라는 이름을 달고 언론이 쏟아내는 확인되지 않은 일방적 보도들. 이 보도들이 흉기가 되어 우리 사회 공론장을 파괴하고, 피해자들에게 회복하기 어려운 상처를 남기고 있다. 언론개혁이 필요한 이유다. 〈시사 직격〉과 KBS 역시 비판의 대상이며, 책임의 주체이다. 정확성, 공정성, 진실의 가치를 지켜왔는지 돌아보겠다. 그리고 노력하겠다.

— 2020년 10월 24일, 〈KBS 시사직격〉 방송 중에서

제가 속한 언론사는 2023년 창간 22주년을 맞습니다. 정확성과 공정성, 진실의 가치를 지켜왔는지 성찰하겠습니다.

'엉덩이 무거워짐' 기자가 경계할 것

코로나19는 언론의 취재환경도 바꿔 놓았습니다. 각종 행사나 기자회견이 유튜브나 SNS 등을 통한 비대면으로 진행하면서 온라인 취재 비중이 부쩍 늘었습니다. 국회도 본회의나 상임위 취재를 대부분 인터넷 의사 중계시스템으로 지원하고 있습니다. 대면이 불가피한 경우 제한된 인원만 취재를 허용하는 정도입니다.

결과적으로 기자들의 취재와 기사 작성 공간이 줄어들었습니다. 재택이나 기자실에서 유선으로 취재할 수밖에 없는 구조입니다. 현장 취재가 원천적으로 막히다 보니 현장감 있는 기사가 나오기도 힘듭니다.

그런데요. 취재환경이 변했다고 손 놓고 있으면 기사가 하늘에서 뚝 떨어질까요? 코로나 시대 이전에도 기자실에서 종일을 보낸 기자들이 수두룩합니다. '짬밥'이 찬 기자들은 기자실로 출근해서 기자실로 퇴근하는 게 일상이라고 해도 과언이 아닙니다.

그런 기자들한텐 이번 코로나 사태가 어쩌면 반가울지 모릅니다. 현장 취재를 하지 않는 '변명거리'가 생겼으니까요. 기자 초년병 때 한 선배의 조언이 떠오릅니다. "기자는 엉덩이가 가벼워야 한다." 당시는 그 말의 뜻을 알지 못했습니다. 기자는 왜 하필 엉덩이가 가벼워야 한다는 건가? 살을 빼라는 소리인가?

기자실에 앉아서 출입처에서 제공하는 보도자료나 정리하거나, 매너리즘에 빠져 재미도 없는 기사나 끄적이는 모습을 보니, 기자의 엉덩이가 왜 가벼워야 하는지 알겠습니다.

며칠 전 진행하던 라디오 시사 프로그램을 그만둔 김경래 뉴스타파 기자는 〈미디어오늘〉과 전화 인터뷰에서 이렇게 말했습니다.

> "이제 40대 후반인데 너무 부족함을 느낀다. 내가 스튜디오에 앉아 자리를 잡고 말하는 게 무리라는 걸 느꼈다. 현장 경험이 더 필요하다. 방송도 즐겁고 보람 있지만 취재현장에 가야겠다고 생각했다. 엉덩이가 무거워지는 게

무서워졌다."

엉덩이가 무거워지는 게 무서워졌다는 그의 말이 묵직하게 와 박혔습니다. 저 역시 매너리즘에 빠져 손쉽게 취재하고 쉬운 기사만 써온 건 아니었는지. 그래서 독자들에게 재미도, 감동도 없는 글을 내놓은 건 아니었는지. 반성과 성찰이 한데 모였습니다.

"결국 시간과 노력이 좋은 품질의 기사를 만든다. 다른 곳에선 나오지 않는 기사들, 알면 도움이 되는 기사, 품질 높은 기사들을 쓸 수 있는 언론 환경이 됐으면 한다. 그런 매체들이 서로 경쟁하는 것을 꿈꾼다. 좋은 매체들이 많이 없어지고 있지만 어떻게든 살아남았으면 좋겠다. 저도 뉴스타파에서 살아남겠다."

김경래 기자의 다짐 위에 제 다짐을 얹어봅니다.
"저도 디트뉴스에서 살아남겠습니다."

초코파이 하나에도 정이 들었는데

일 년에 두 번인 명절마다 마음을 보내오는 분이 계십니다. 변변한 도움을 드린 것도 없는데, 오래전 인연을 잊지 않고 때마다 선물을 보냅니다. 고마움에 전화를 드렸습니다. "이럴 때마다 연락드리네요. 죄송합니다." 매번 같은 말에 답변도 같습니다. "살다 보면 그렇지 뭐."

마음을 나눈다는 건 정情을 나눈다는 거겠죠. 정情은 초코파이에만 있는 건 아닙니다. 멀찍이 떨어져 있어도 마음만은 항상 곁에 있다는 신호를 보내는 것. 그게 바로 정 아닐까요?

기자들은 '김영란법'도 그렇거니와 취재원과 '관계' 때문에 명절 선물 하나 받는 것도 부담입니다. 그래서인지 마음을 보내는 쪽도 법에 저촉되지 않거나 부담이 덜한 선에서 준비하는 것 같습니다. 약소하지만 마음을 담아 보내는 것까지 차마 거절하긴 어렵네요.

청와대에서도 명절 때마다 대통령 명의로 선물을 보냅니다. 기자들한테만 보내는 건 아니고요. 각 분야에서 국가와 사회를 위해 헌신하는 분들과 사회적 배려계층에 보냅니다. 보통 명절마다 1만 5천여 명에게 보낸다고 합니다.

이러다 느닷없이 드는 생각. 나는 얼마나 국가와 사회를 위해 헌신했나. 대통령 선물을 받는 게 떳떳할 만큼 취재와 기사 쓰기에 충실했나. 청와대 출입기자랍시고 어깨에 잔뜩 힘만 주고 다니진 않았나. 급 '고해성사' 모드로 진입했습니다. 어쩌면 직업병인지도 모르겠습니다. 병적이라도 이런 고해성사는 장기 복용 약처럼 달고 살아야 한다고 생각합니다.

문유석 판사가 쓴 『개인주의자 선언』에서도 법관으로서 고민이 고스란히 묻어있는 장면이 있습니다. 그래서 공감했습니다.

나 같은 사람이 법관의 일을 할 자격이 있을까 하는 고민이 마음을 무겁게 할 때가 많다. 게다가 언제부턴가 어쭙잖은 생각과 고민을 담은 글을 여기저기에 쓰기까지 이르렀다. 글을 쓴다는 것은 스스로에게 질문을 던지는 일이었다.

어떻게 하면 제가 받은 마음과 정을 돌려드려야 할지 고민하겠습니다. 그 고민은 '좋은 글'로 보답하는 일이겠지만.

무책임한 언론은 맞아도 싸다

허위사실과 명예훼손 언론에 3배의 피해 배상을 제기할 수 있는 '징벌적 손해배상제'를 놓고 찬반이 분분합니다.

야당과 언론 노조는 강하게 반발하고 있는데요. 잘못을 저지르면 벌을 받아야 하는 건 당연합니다. 그동안 언론은 잘못한 취재와 보도에 아무런 책임을 지지 않았습니다. 그래서 저는 1인 미디어와 유튜버에 언론사까지 포함한 징벌적 손해배상제 도입에 찬성하는 1인입니다. 매주 금요일마다 연재하는 칼럼이 있는데요. 여기에 쓴 칼럼 전문을 그대로 실어봅니다.

〈무책임한 언론은 맞아도 싸다〉

더불어민주당이 언론개혁에 팔을 걷었다. '허위사실 명예훼손 피해액 3배 배상(징벌적 손해배상제)' 등을 담은 언론개혁법을 2월 임시국회 내에 처리한다는 계획이다. 무책임한 언론은 맞아도 싸다. 팩트 체크는 둘째치고, 밑도 끝도 없이 의혹만 제기하다 끝나는 기사, 편향적 논조로 허위 왜곡하는 기사에 혀를 내두를 때가 한두 번 아니다. 다른 언론사 기사를 베끼거나 짜깁기하는 건 애교 수준이다.

이 나라 국민이 언론을 불신하는 가장 큰 이유일 것이다. 기자를 쓰레기에 빗대 '기레기'라고 부르는 것 역시 책임지지 않고 반성 없는 언론을 향한 조롱이고 냉소다. 야당과 언론 노조는 '언론 길들이기' '언론탄압'이라고 주장한다. 정치적 셈법과 유불리를 따져 목소리를 내는 건 어느 정도 이해할 만하다. 다만 이해당사자인 언론만큼은 방방 뛸 일이 아니다.

언론 윤리를 지키며, 보도 준칙에 따라 취재하고, 공정하고 사실을 보도한다면 소송당할 일은 없기 때문이다. '국경없는기자회'가 발표한 〈세계언론자유지수〉에서 한국은 2019년에 이어 2020년에도 아시아 1위를 지켰다. 반대로 영국 옥스퍼드대학교 부설 로이터저널리즘연구소가 매년 발표하는 국가별 언론 신뢰도 조사에서 한국은 지난해

까지 4년 연속 꼴찌를 기록 중이다.

언론의 자유를 침해한다고 저항하기보다, 언론 스스로 국민과 독자의 신뢰를 회복하려는 성찰과 노력이 필요한 이유다. 국민이나 언론 스스로 징벌적 손해배상제 도입에 찬성 여론도 높다. 〈미디어오늘〉이 지난해 5월 실시한 여론조사를 보면, 국민의 81%가 징벌적 손해배상제에 찬성했다.

〈오마이뉴스〉가 지난 9일 리얼미터에 의뢰해 진행한 여론조사 결과 징벌적 손해배상제 대상에 언론을 포함하는 것에 찬성한 응답은 61.8%였다.

기자협회보가 지난해 8월 한국기자협회 소속 114개 언론사 653명을 대상으로 한 설문조사 결과 기자들의 72.2%는 국민이 언론을 신뢰하지 않는다고 답했다. 그 이유는 검증 없는 받아쓰기와 정파성이 문제라고 했다.

국민의 신뢰가 바닥에 떨어진 언론이다. 비틀거림이 아니라, 이미 무너졌다고 해도 과언이 아니다. 언론 스스로 일어나지 못한다면, 외부 압력은 커질 수밖에 없다. 이번 징벌적 손해배상제 도입 추진은 늦었지만 다행스럽다. 그동안 언론은 권리는 무한대로 누리고, 아무런 책임은 안 지는 엄청나게 행복한 사회에서 살았다.

— 2021년 2월 12일, 〈디트뉴스24〉 데스크 칼럼

'좋은 언론사'와 '나쁜 언론사'

'미디어 바우처'라고 들어보셨나요? '바우처'라는 건 쉽게 말해서 '쿠폰'인데요. 일단은 정부가 수요자에게 쿠폰을 줍니다. 그러면 수요자는 이걸 가지고 공급자를 선택합니다. 공급자가 수요자한테 받은 쿠폰을 제시하면 정부는 그만큼의 재정을 지원하는 방식입니다. 이때 지급하는 쿠폰을 '바우처'라고 합니다. 그러니까 '미디어 바우처'란 독자가 언론을 선택해서 본다는 말입니다.

국회에서는 이걸 법제화하려는 움직임이 나타나고 있습니다. 김승원 더불어민주당 의원은 2021년 5월 동료의원 21명과 함께 정부 광고 집행기준을 국민이 직접 정하게 하는 '미디어 바우처법'을 대표 발의했습니다. 언론 생태계를 복원하겠다는 취지인데요. 광고 수익에 의존하고 있는 작금의 언론 환경에 어떤 변화를 몰고 올진 두고 봐야 하겠습니다. 다만, '좋은 언론사'에 긍정적인 영향을 줄 것이라는 기대가 높습니다. 열심히 취재해서 좋은 기사를 생산하는 언론사는 그만큼 수요자가 몰리고, 정당하게 수익을 올릴 수 있기 때문입니다.

순기능만 한다면 자연스럽게 '나쁜 언론사'를 걸러내는 역할도 하지 않을까요? 가짜 뉴스와 허위정보, 클릭 수만 올리려고 선정적인 기사를 쏟아내는 언론사를 택할 독자는 많지 않을 테니까요. 독자들은 골라보는 재미가 있고, 언론사도 많은 바우처를 따내기 위해 더 치열하게 취재하고, 고민하는 기사가 늘어나지 않을까 싶습니다. 그러면 언론을 바라보는 시각이나 신뢰도 향상되리라 봅니다.

> 언론재단이 발행한 미디어 이슈 '미디어 바우처 제도에 대한 국민 의견'에 따르면 성인남녀 1,000명을 대상으로 한 온라인 설문조사에서 미디어 바우처 제도 실시에 찬성한 비율이 75.4%, 이 제도가 언론 향상에 기여할 것이라고 답한 비율이 72.2%에 달했다.
>
> — 2021년 5월 26일, 〈기자협회보〉 기사 중에서

〈기자협회보〉에 따르면 미디어 바우처 제도는 국내에선 생소하지만, 해외에서는 이미 오래전부터 연구하고 시행했다고 합니다. 미국은 재무부가 성인 1인당 연간 50달러(한화 5만 6천 원)이 바우처를 발행하고, 개인(독자)은 원하는 언론사에 5달러씩 10회로 나눠 기부할 수 있습니다. 한마디로 언론사가 독자로부터 '후원금'을 받는 겁니다.

물론 국내 몇몇 언론사도 유사한 시스템을 운영하는 곳이 있긴 합니다. 온라인 기사 하단에 맘에 드는 기자나 기사를 후원하는 안내 글을 본 분들도 있을 겁니다. '바우처'를 통한 공적 자금을 투입하는 것과 성격이 다를 뿐이지요.

이 제도가 언론의 불신을 얼마나 해소할 수 있을 진 모르겠습니다. 하지만 언제까지 '기레기' 소리만 듣고 살 순 없습니다. '나쁜 언론'을 처벌하고 혼내는 언론개혁보다, '좋은 언론'에 상을 주고 칭찬하는 것도 하나의 대안이 될 수 있다고 생각합니다.

언론 노조와 한국기자협회, 민주언론시민연합, 언론개혁시민연대 등은 2021년 5월 25일 서울프레스센터에서 언론개혁을 촉구했습니다. 문재인 정부 들어 첫 대규모 시국 선언이었습니다. 현직 기자로서 참으로 안타깝고 씁쓸한 장면이었습니다. 언론개혁은 언론계 자성이 밑바탕에 깔려 있어야 합니다. 그래야 채찍이든, 당근이든 비로소 효과가 있지 않을까요?

있고 없음의 차이 '롤모델'

당신은 롤 모델이 있습니까? 인생에서든, 직업에서든 동경의 대상이 있다는 건 흥분되고 가슴 뛰는 일입니다. 무엇을 이루어내겠다는 '목표'가 있다는 뜻이기 때문입니다.

누군가는 BTS나 신해철의 노래를 듣고 가수의 꿈을 꿀 것이고, 누군가는 김영하나 김훈 선생을 보며 작가를 희망할 것이며, 또 누군가는 손흥민이나 이강인처럼 되겠다고 축구를 하고 있을 겁니다. 반대로 그런 유의미한 목표가 없는 삶은 얼마나 무료하고 무의미할까요?

기자도 롤 모델이 필요합니다. 동료일 수도, 선배일 수도, 후배일 수도 있습니다. 저는 저보다 '글발' 좋은 기자의 기사를 보면 부럽습니다. 한편으로는 질투도 느껴집니다. 자격지심일 수도 있고, 열등감일 수도 있습니다.

그렇다면 그를 뛰어넘겠다는 목표를 세워보면 어떨까요? 이 바닥에서 내로라하는 기자가 있다면, 그의 일거수일투족을 본받기를 권합니다. 그런 사람들은 뭔가 다른 경쟁력이 있기 때문입니다. 그걸 배우고 '내 것'으로 만든다면, 부쩍 성장한 나를 발견할 수 있다고 생각합니다. 그 대상이 알건 모르건 간에.

나중에라도 그 대상에게 "사실, 당신이 제 롤 모델이었습니다"라고 고백한다면, 그는 무척 고맙고 자랑스러워할 겁니다. 누군가에게 본받을 대상이 된다는 건, 실력 못지않은 인성까지 갖췄다는 얘기입니다.

글로벌 기업 '부킹닷컴'의 네덜란드 본사에서 일하는 서인용 씨. 그는 2020년 출간한 자기 계발서 《골든 해빗》에서 '롤 모델로 삼을 능력자는 가까이에 있다'고 썼습니다. 그런 면에서 보면 제 롤 모델은 회사 대표님과 선배 기자입니다. 대표님께는 리더십과 부지런함을, 선배 기자에게는 건강한 언론과 더불어 기사의 정도正道를 배우고 있습니다. 네, 맞습니다. 아부입니다.

회사 내에 귀감이 되거나 본받을 만한 선배가 있다는 건 참 고맙고, 큰 행운입니다. 하지만 지역 언론의 현실은 대개 그렇지 못합니다. 언론이 나아가야 할 정론을 가르쳐주기보다 기사 '외적인 업무에 하루하루를 '살아내는' 기자들이 비일비재한 까닭입니다.

그럴 때일수록 롤 모델은 더없이 중요합니다. 타 언론사 기자라도 좋고, 다른 직업을 가진 사람이라도 좋습니다. 롤 모델을 한번 만들어보세요. 내 삶의 나침반이 되어 줄 것입니다. 내 삶의 방향이 꺾이지 않고 온전히 나아갈 수 있는 길을 밝혀줄 것입니다.

그 사람의 습관과 행동부터 말과 문체까지 따라 해 보세요. '모방은 창조의 어머니'라고 합니다. 배울 건 배우고, 버릴 건 버리세요. 생활 습관이 달라지고, 기사가 달라지고, 어느 순간 당신만의 개성과 차별화된 경쟁력이 길러질 것입니다. 그리고 어느 순간 당신도 누군가의 롤 모델이 되어 있을지 모릅니다.

천원짜리 변호사와 천원짜리 기자

배우 남궁민이 〈천원짜리 변호사〉로 돌아왔습니다. SBS 드라마에서 수임료를 천원만 받는 변호사 '천지훈' 역을 맡았는데요. 유쾌하고 코믹하면서 잔잔한 감동을 더한 따뜻한 드라마 같습니다. 한동안 〈이상한 변호사 우영우〉라는 드라마가 인기를 끌었는데요. '변호사'라는 소재는 비슷하지만, 사회적 약자를 돕는 주인공의 활약은 언제 봐도 박수가 절로 나옵니다.

왜 천지훈 변호사는 수임료를 천원만 받을까 궁금했습니다. 그럴 거라면 아예 무료 변호를 하는 편이 낫지 않을까 싶어서입니다. 곰곰이 생각한 끝에 내린 제 해석은 '기본'이었습니다. '수임료 천원'은 변호를 맡긴 이들에 대한 기본적인 예우 아닐까요?

가난하고 약하다고 차별받고 무시당해도 단 돈 천원은 낼 수 있을 테니까요. 천원이라도 내고 당당히 변호사를 선임했다는 자존감을 지켜주려는 의도가 아니었을까요? 천지훈 변호사 역시 천원을 받음으로써 변호사로서의 최소한 기본을 지키려고 했다는 생각이 들었습니다. (극 중에선 살해된 남궁민의 연인이 수임료를 천원만 받던 원조 '천원짜리 변호사'였습니다.)

돈 없고 '빽'없는 의뢰인들의 든든한 '빽'이 되어주는 변호사들. 그들을 보면서 저도 천원짜리 기자가 되어보자, 하는 생각이 들었습니다. 물론, 기사를 써주는 대가로 천원을 받겠다는 뜻은 아닙니다. 제 소속사인 〈디트뉴스24〉는 인터넷신문이라 무료로 볼 수 있습니다. 광고료는 받아도 구독료는 한 푼도 받지 않습니다.

그렇다면 천원짜리 기자가 된다는 게 무슨 말이냐고요? 앞서 언급했듯이 '기본'을 지키겠다는 겁니다. 아무리 먹고살기 힘든 직업이라고 해도 '사이비', '기레기' 소리 듣지 않도록.

솔직히 '기자다운 기자'가 어떤 기자인지는 모르겠습니다. 다만, 사회적 약자와 소외된 이들의 이야기를 들어주는 기자, 그리고 기사로서 그들을 도와줄 수 있는 기자, 자본의 유혹 앞에 비겁하지 않은 기자. 다시 말해 강자한테 강하고, 약자에게 약한, 오직 독자 편에 서는 기자가 '기자다운 기자'라고 믿습니다. 기자로 살면서 그런 기자 소리를 듣는 게 꿈이기도 합니다. 극 중 천지훈 변호사처럼.

2021년 MBC에서 방송됐던 드라마 〈검은 태양〉에 출연한 남궁민 씨를 보면서 운동에 빠졌습니다. 배역을 위해 충실히 몸을 만든 배우의 열정에 감탄했습니다. 그런 태도와 자세가 드라마의 선풍적 인기를 이끈 원동력이자 기본이었겠죠.

개인적으로 '남궁민'하면 떠오르는 이미지는 착한 외모에 목소리 좋은 배우였습니다. 그랬던 그가 '사나이'가 되어 돌아왔습니다. 자기 직업에 애정을 갖고, 시청자를 위해 혼신의 연기를 보여주려는 배우로서 노력에 존경심이 들 정도였습니다. 남궁민에 '美쳐' 헬스장을 다니고, 적지 않은 돈을 들여 집에 스피닝 자전거를 들여놓은 이유입니다.

저는 그 드라마가 끝난 뒤에도 지금까지 열심히 몸을 관리하고 있습니다. 오늘도 헬스장에서 '무거운 윗몸일으키기'와 '무거운 몸 구부렸다 일으키기' 등 제가 이름 붙인 동작을 반복하며 땀 흘리고 왔습니다. 기자에게는 체력이 '필력筆力'입니다.

아 참, 제보할 게 있으면 언제든지 연락하세요. 혹여 기사로 큰 도움을 받았는데 어떻게 사례할까 고민이라면 후원 광고를 보내 주십시오. 얼마나 해야 하냐고요? 천원이면 됩니다.

이육사 시인은 신문사 기자였다

이육사 시인이 기자로 활동했다는 사실 아시나요? 저도 기사를 보고서야 알았습니다. 이육사 시인 본명은 '이원록'인데요. 과거 조선일보에서 활동한 기자라고 합니다. 그리고 그를 기리는 '이육사 기자상'이 곧 제정된다는 소식입니다. 이육사의 고향이자 기자로 활동했던 대구·경북 출신 언론인들이 주축으로 이육사 기자상 제정위원회를 만들었다고 합니다.

〈기자 출신 항일시인 이육사 기리는 기자상 제정된다〉

김시묘 제정위원장은 최근 보도자료에서 '일제 강점기 17번이나 투옥된 항일시인 이육사는 1930년대 조선총

독부 언론 암흑기에 조선일보와 중외일보 대구 기자 등 언론 활동을 하면서 드높은 기개와 저널리즘으로 명성이 자자했다'며 '이육사 선생의 투혼적인 기자정신이 오늘날에도 바른 언론의 향도가 되기에 부족함이 없어 그 뜻을 길이 이어 가고자 이육사기자상을 제정한다'고 밝혔다.

— 2022년 10월 16일, 〈기자협회보〉 기사 중에서

선생의 '드높은 기개와 저널리즘' '투혼적인 기자정신'이라는 소개 글이 인상 깊게 들립니다. 그는 기자 시절 '육사생肉瀉生'이라는 필명을 썼습니다. 그가 기자로서 처음 쓴 기사는 '대구의 자랑 약령시의 유래'인데요. 인터넷 검색을 하면 쉽게 확인할 수 있습니다. 그는 신문사를 그만두고서도 1940년 일제가 조선일보를 폐간할 때까지 꾸준히 지면에 글을 실었다고 합니다.

자신의 첫 시 〈말[馬]〉도 조선일보에 발표했습니다. 당시 조선일보에는 '참 기자'가 있었군요. 대구에는 가수 김광석과 사과만 유명한 줄 알았더니, 시인이자 기자였던 이육사도 있었네요.

〈대구의 자랑 약령시의 유래〉

대구의 자랑이 무엇이냐고 묻는 사람이 있으면 지금 사람들은 아이 어른 할 것 없이 능금苹果(평과)을 말할 것

이다. 그러나 대구 능금은 최근의 한 명산물로서 완전한 자랑의 지위를 점령할 수는 없는 것이다. 여기서 우리는 중학교 지리 교과서에도 있는 대구의 유명한 약령시藥令市를 자랑으로 들어놓고 그에 대한 역사적 유래를 먼저 알아보자.

— 1932년 1월 14일, 〈조선일보〉 기사 중에서

선생은 20대 초반 형과 동생과 의열단에 가입해 무장 독립운동을 했습니다. 조선의 독립을 위해 총과 펜을 들고 싸웠습니다. 시인이자 투사였고, 독립운동가이자, 기자로서 불꽃같은 삶을 살았습니다. 저도 그런 불꽃같은 삶을 사는 기자가 될 수 있을까요?

선생은 1944년 1월 수감 중이던 북경의 감옥에서 옥사했습니다. 광야에서, 백마 타고 올 초인을 기다리던 그의 바람은 그가 세상을 떠난 1년 뒤 '조선의 광복'으로 이루어졌습니다.

얼마 전, 집권 여당의 대표가 페이스북에 '조선이 썩어서 망했다'는 글을 올려 논란을 일으켰습니다. "조선은 안에서 썩어 문드러졌고, 그래서 망했다. 일본은 조선왕조와 전쟁을 한 적이 없다"라고 주장했습니다.

총과 펜을 들고 일본과 싸운 이육사와 조선의 의병들이 지하에서 곡할 노릇입니다. '역사를 잊은 민족에게 미래는 없다'라는 말이 있습니다. 기자 이원록이 역사에 남기고 싶었던 기사가 얼마나 많았을까요.

제가 이육사 기자상을 받을 가능성은 1%도 없겠지만, 적어도 그의 '드높은 기개'와 '투혼의 기자정신'은 본받으려 노력하겠습니다. 보이지 않는 이들을 보이게 하고, 들리지 않는 목소리를 들리게 할 수 있는 기사를 쓰겠습니다.

나도 가치 있는 기자가 될 수 있을까

제가 그가 쓴 책을 산 건, 그가 세상을 떠나기 한두 해 전일 겁니다. 암 투병하면서 쓴 선배 기자의 책이라고 해서 사 봤는데요. 첫 장부터 심금을 울렸습니다. 그는 두 아들에게 물려줄 삶의 교훈을 책으로 남겼습니다. 그가 살아온 삶의 정리이자, 우리가 바꾸어야 할 세상에 대한 진솔한 기록으로. 그의 이름은 바로 '기자 이용마'입니다.

그는 지난 2019년 8월 복막암으로 세상을 떠났습니다. 수천 대 1의 경쟁률을 뚫고 입사한 MBC. 그는 그 어렵게 들어간 회사에서 언론의 독립을 위해 싸웠습니다. 공정방송의 가치를 지키기 위해 파업을 주도했고, 2012년 3월 '1호 해직 기자'가 되었습니다.

그는 부당 해고 이후에도 공영방송 정상화 투쟁을 꾸준히 이어 나갔습니다. 그 결과, 해고 5년 9개월 만인 2017년 12월 8일 MBC에 복직했고, 12월 11일 마지막으로 출근했습니다.

> 우리나라 언론이 제자리를 찾으려면 아직도 험난한 여정이 남아 있다. 다행히 정보통신기술의 발달로 소수 언론에 의한 정보의 독점이 깨지면서 과거와 같은 일방적인 여론조작은 불가능해졌지만, 기득권 세력들이 여전히 자리를 지키고 있는 한 우리가 가야 할 길은 아직도 멀다.
>
> — 이용마 『세상은 바꿀 수 있습니다』 중에서

2021년 12월 2일. MBC 창사 60주년 특집 〈이용마의 마지막 리포트〉라는 제목의 다큐멘터리로 그의 이야기가 방송됐습니다.

그는 기자 활동 시절을 비롯해 암 투병 중에도 MBC의 정상화를 위해 투쟁했습니다. 그리고 가족에 대한 애정, 특히 두 아들을 향한 무한사랑을 보였습니다. 해직 기자로 살면서 속절없이 떨어지는 빗줄기를 바라볼 때, 담담히 죽음을 받아들인 뒤 아내와 함께 본인의 묏자리를 보러 갔을 때, 방송 마지막 장면에 아들에게 "남자 친구가 좋아, 여자 친구가 좋아"라고 물었을 때,

눈물이 멈출 줄 몰랐습니다.

송창식의 노래와 같이 낙천적이고 헤밍웨이의 소설과 같이 낭만적인 삶. 원래 꿈꾸었던 삶이었습니다. 하지만 스무 살을 전후해 한국 사회의 모순과 부조리에 눈을 뜨면서 김산의 '아리랑' 같은 치열한 삶을 살게 되었습니다.

— 2021년 12월 2일,

MBC 창사 60주년 특집 다큐멘터리 〈이용마의 마지막 리포트〉 중에서

그나마 그의 이야기를 다룬 작품이 MBC를 통해 방송된 걸 보니, 그의 투쟁의 결과가 미약하지는 않은 것 같습니다. 다큐멘터리를 제작한 김만진 PD는 한 언론과 인터뷰에서 방송을 통해 시청자에게 전하려는 메시지를 묻는 말에 이렇게 대답했습니다.

〈존엄하게 죽음 맞이한 이용마 기자를 기억해 주길〉

이 내용을 방송으로 만든 이유는, 기억할만한 가치가 있는 사람을 기억하자는 것입니다. 그가 해온 말과 그가 해온 행동들이 가치가 있잖아요.

— 2021년 12월 10일, 〈오마이뉴스〉 기사 중에서

노동계에 전태일이 있다면, 언론계에는 이용마가 있습니다. 나도 그처럼 기억할만한 가치가 있는 사람이 될 수 있을까, 고뇌의 시간을 꽤 오래 가졌습니다. 이용마 기자처럼 저도 두 아이의 아빠인데요. 아이들에게 제가 하는 말과 행동이 가치 있게 느껴질까, 저 자신에게 몇 번을 묻고, 또 물었습니다.

암만 고뇌하고 자문을 해봐도, 저는 그만큼은 하지 못할 것 같습니다. 그나마 그렇게 살려고 노력은 해보자, 마음만 다잡을 뿐입니다. 찡한 코끝과 붉어진 눈시울로 그를 추모하는 밤입니다. 고故 이용마 님의 명복을 빕니다.

제2장 — 잘 쓴 기사에 '찍소리' 못한다 — 실력 쌓기

경쟁력 있는 기사가 먹힌다

기사를 쓰려면 '무얼' 쓸지부터 정해야 합니다. 일단 어떤 기사를 쓸지 결정해야 취재를 시작할 수 있으니까요. 남들이 다 쓰는 기사는 차별성도, 경쟁력도 없습니다. 독자가 호기심을 갖고 읽지 않습니다. 독자들이 흥미를 갖고 기사를 보게 하려면 나만 쓸 수 있는 글을 써야 합니다.

그래서 저는 출입처에서 나오는 보도자료를 지양하는 편입니다. 보도자료는 그야말로 출입처 홍보를 위한 건데, 거기에 의존하다 보면 정작 '내 기사'를 쓸 심리적·물리적 여유가 생기지 않기 때문입니다. 보도자료를 아예 다루지 말라는 얘기는 아닙니다. 기사로서 충분히 가치가 있는 보도자료도 많은 까닭입니다. 출입처에서 제공하는 자료를 '복붙ctrl+c ctrl+v'할 게 아니라, 거기서 필요한 부분을 떼어내 추가로 취재하면 나만의 기사를 만들 수 있습니다.

예를 들어 모 대학 교수가 세계적인 인명사전에 등재되거나 논문이 실렸다는 보도자료를 받았다면요. 일반적으로 대학 홍보팀에서는 해당 교수의 프로필이나 연구 성과 위주로 자료를 작성합니다. 과학이나 의학 분야라면 이해하기 어려운 전문 용어도 들어있는데요. 기자조차 알지 못하는 용어를 그대로 쓴다면, 독자들은 이해할 수 있을까요?

저 같으면 해당 교수 인터뷰를 요청하겠습니다. 인터뷰를 통해 연구 과정이 어땠고, 힘든 점은 없었는지, 이번 연구 결과가 사회적으로 어떤 긍정적 효과를 줄 것인지, 앞으로 어떤 연구를 할 계획인지 묻는 겁니다. 전문용어도 알기 쉽게 설명한다면 튼실한 기사가 될 것이라고 확신합니다. 거기에 그치지 않고, 향후 관련 분야를 취재하는 경우 '취재원'으로서 도움과 조언을 받을 수도 있을 겁니다.

예를 하나 더 들면요. 지자체에서 포도나 멜론 농가의 첫 수확 소식을 알리는 자료를 배포했다고 가정할게요. 보도자료에는 당도가 높아 맛이 좋다는 홍보가 주류를 이룰 겁니다. 맛을 보지도 않고 '맛있다'라고 기사를 쓰면 '팩트체크'를 하지 않은 겁니다. 직접 농가를 찾아가 맛보고, 재배농법, 판로 확보의 어려움 등 전반적인 부분을 살펴보면 어떨까요? 포도나 멜론의 생산부터 시중에 판매 유통되기까지 전 과정을 피부로 느낄 수 있을 겁니다.

이렇게 나만의 독특한 취재와 현장의 목소리가 담긴 기사는 단순한 보도자료 그 이상의 가치를 지니게 됩니다. 독자들로부터 호응도 높을 겁니다. 기자는 하루에 한 꼭지를 쓰더라도 독자들에게 '앎의 즐거움'을 전달할 수 있는 아이템을 찾아야 합니다. 그것이 곧 경쟁력이고 차별성입니다. 일의 보람도 그 안에서 느낄 수 있습니다.

내일은 또 어떤 기사를 쓸까 고민이세요? 기자가 고민하면 할수록 질 좋은 기사가 나올 확률은 높아집니다. 새로운 걸 찾으려고 애쓰지 않아도 됩니다. 이 순간에도 신문과 인터넷 포털에 엄청난 양의 기사가 실시간으로 쏟아지고 있기 때문입니다. 기사 스크린을 열심히 하면, 그 속에서 나만 쓸 수 있는 소스를 발견할 수 있거든요.

이미 나온 기사는 구문舊聞이지, 신문新聞이 아니라고요? 절대 그렇지 않습니다. 다른 기자가 쓴 기사라도, 거기서 새로운 사실을 밝혀내고 보다 확장된 정보를 전달하면, 그것이 곧 '신문'이고 '기사' 아닐까요?

기자가 겸손하면 기사도 겸손해진다

기자는 겸손해야 하지만, 기사도 겸손해야 합니다. 기자의 겸손과 기사의 겸손이 어떤 차이냐고 묻는 이들이 있습니다. 기자가 겸손하면 기사도 겸손하게 쓰는 것 아니냐는 건데요. 물론 그럴 확률이 높긴 합니다. 다만 겸손을 지키는 건, 겸손을 지니는 것만큼 어려운 일입니다. 전혀 그럴 것 같지 않은 사람이라도 실수는 언제든 할 수 있으니까요. 기자의 겸손은 심신 수련과 단련으로 지킬 수 있지만, 기사의 겸손은 부단히 공부하고 노력을 게을리하지 않아야 유지할 수 있다고 생각합니다.

겸손한 기사는 문장 어순에서 출발합니다. 우리는 초등학교 때부터 주어, 목적어, 서술어를 문장의 기본 순서라고 배웠습니다. 중학교에 가면 누가, 언제, 어디서, 무엇을, 어떻게, 왜라는 '5W1H'를 배웁니다.

영어나 중국어를 배우기 어려운 이유는 기본적으로 우리말과 어순이 다르기 때문입니다. 가령 '배탈이 나서 병원에 다녀왔대. 철수가 어제'라는 문장을 보면요. 무슨 말인지 이해는 갑니다. 하지만 어딘가 어수선하고, 어색하지 않나요?

이렇게 쓰면 어떨까요? '철수가 어제 배탈이 나서 병원에 다녀왔대' 훨씬 부드럽고 전달력도 좋지 않나요? 우리는 어릴 때부터 이 어순에 익숙하기 때문입니다. 그래서 기사를 쓸 때도 이 어순대로 작성해야 독자들이 읽기 편하고 이해하기 쉽습니다. 특히 시작 문장은 더더욱 그렇습니다.

〈어순은 위대하다〉

일반적으로 문장의 첫머리에 가장 많이 오는 항목은 바로 화제어나 주어다. 그래서 이 항목이 너무 길거나 다른 항목 속에 파묻혀 있어서 찾기 힘들다면 문장은 읽기 힘들어진다.

— 〈네이버 포스트〉 중에서

칼럼이나 르포 기사를 쓸 땐 기술적으로 어순 조정을 할 수 있습니다. 예를 들면 "여당은 이번 선거에서 진 이유를 내부 개혁과 쇄신이 약했기 때문이라고 분석했다"라는 문장을 보면요. '내부 개혁과 쇄신이 약해서였을까'라는 의문문으로 시작해도 무리는 없습니다.

하지만 정보 전달만 목적으로 하는 소위 '스트레이트 기사'는 기본 어순을 지켜야 정확한 정보를 독자에게 알려줄 수 있습니다. 문장의 어순이 뒤죽박죽이면 무슨 소리를 하는지 알아들을 수 없기 때문입니다. 독자들은 기자의 수준을 낮게 보는 건 둘째고, '건방지다'라고 판단할 수 있습니다. 그래서 가장 좋은 방법은 복문보다 단문短文으로 쓰는 것입니다.

또 수동형보다는 능동형으로 써야 독자의 신뢰를 높일 수 있습니다. 중견 기자들도 이런 구분을 제대로 하지 못하는 경우가 많습니다. 그들은 이미 그 습관이 몸에 배서 고치기가 매우 어렵습니다. 누가 지적한다고 해서 쉽게 고쳐지는 게 아닙니다. 자각하고, 인식하고, 고치려고 노력하지 않는 한 오랜 습관을 하루아침에 바꾸기란 쉽지 않습니다.

어쩌면 신입 기자들의 습득력이 더 빠를지 모릅니다. 이미 그려진 도화지의 그림을 지우고 다시 그리는 것보다, 처음부터 백지에 그리는 게 더 쉽고 빠른 것처럼 말입니다. 그러나 그걸 극복해야 독자로부터 신뢰받고 인정받는 기사를 쓸 수 있다고 봅니다. 기자만 알고 이해하는 기사는 '기사'가 아닙니다. 읽기 쉽게 쓰는 게 독자에 대한 예의이고, 겸손입니다.

질문을 잘하려면

질문을 하려면 용기가 필요할 때가 있습니다. 대단한 것도 아닌데, 그렇게 힘이 듭니다. 모르는 걸 물어보는 건 당연한데, 주변의 눈치를 보게 됩니다. 여럿이 모인 자리에서 모든 시선이 쏠리는 게 부끄러울 수 있고요. "무슨 그런 말도 안 되는 질문을 하느냐"는 소리를 들을까 겁이 나서일 수도 있습니다.

어린 시절을 떠올려 볼까요. 유치원을 다닐 때나 초등학생 때 말이에요. 선생님이 "질문 있는 친구?"하고 물으면, 여기저기서 "저요, 저요"하고 손들었던 기억, 한 번쯤은 있을 겁니다. 그때는 질문하는 게 어색하거나 부끄럽지 않았는데요. 성인이 되어갈수록 손을 드는 것에 인색하거나 자신 없어 합니다. 참 이상하죠?

길을 가다 목적지를 찾기 어려우면 지나가는 사람을 붙잡고 물어보든, 근처 상점에 들어가 물어보면 됩니다. 그걸 못해서 한참을 헤매는 사람들이 있습니다. 몸도 힘들고, 시간도 낭비할 뿐입니다. 지금이야 '네비게이션'이 있으니, 거리에서 길을 묻는 이들도 많이 줄었습니다.

질문은 하는 것도 중요하지만, 질문 할 수 있는 환경을 만드는 것 역시 중요합니다. 인지 심리학자인 김경일 아주대 교수가 한 얘기인데요. 우리나라는 수업이나 강의를 마칠 때 "알아들었지?", "이해했지?"라고 묻는답니다. 이때 손을 들면 '이해하지 못한 사람' 취급받을까 질문하기를 주저한다는 거죠. 질문을 막는 화법이라고 합니다. 서양에서는 "Am I Clear?(내가 제대로 얘기했니?)"라고 한답니다. 자연스럽게 질문을 유도하는 화법이죠.

기자에게 있어 질문은 '숙명'입니다. 질문을 하지 않고는 기사를 쓸 수 없으니까요. 취재원에게 궁금한 것을 물어보고, 참인지 거짓인지 확인해야 비로소 독자들에게 '팩트(사실)'를 전달할 수 있으니까요.

그런 기자들도 질문을 주저할 때가 왕왕 있습니다. 예를 들면 기자회견처럼 다수가 모인 장소인데요. 질문 순서가 되면 서로 눈치를 보며 쭈뼛쭈뼛합니다. TV로 생중계하는 기자회견이라면 더 떨리기 마련이죠. 질문 한번 잘못했다 망신당하거나

'기레기' 소리를 듣지 않을까. 겁을 먹으면 손들기가 두렵겠죠. 그래서 기자 중에도 번쩍번쩍 손들고 질문하는 기자가 있는가 하면, 얌전히 앉아 있는 기자도 있습니다.

질문은 습관을 들여야 훈련이 되는 것이고, 훈련이 이루어지면 한결 익숙해집니다. 주변은 의식할 필요가 없습니다. DJ DOC 노래에도 "사람들 눈 의식하지 말아요~"라는 가사가 있잖아요. 용기가 있어야 질문을 할 수 있는 게 아닙니다. 질문을 해야 자신감이 생기고, 용기가 생깁니다.

무엇이든 처음이 어려운 법입니다. 물어보는 데 돈 드는 거 아니잖아요? 궁금한 게 있으면 주저하지 말고 손을 들어 보세요. 그리고 당당하게 질문하세요.

인터뷰,
사람과 사람이
만나는 시간

인터뷰가 어려운 이유는 기본적으로 정리가 되어 있지 않기 때문입니다. 다시 말해 누구를 인터뷰할 건지, 인터뷰는 왜 하는지, 어떻게 할지 같은 준비가 부족해서입니다.

기자들은 아무나 붙잡고 인터뷰하진 않습니다. 인터뷰는 독자에게 정보를 제공하기 위한 목적을 가진 의도적이고 계획적인 취재입니다. 그래서 사회적으로 영향력을 미칠 만한 '사람'을 취재원으로 삼습니다. 따라서 취재원에게 인터뷰 의도를 먼저 설명하고, 동의를 구해야 합니다. 무엇을 물어보고, 어떤 방향으로 기사를 쓸지도 사전에 알려줄 필요가 있습니다.

인터뷰에는 크게 세 가지 방법이 있는데요. 대면 인터뷰,

전화 인터뷰, 서면 인터뷰입니다. 요즘은 코로나19로 '줌Zoom' 같은 프로그램을 이용한 '비대면 인터뷰'가 주목받고 있습니다.

우선 대면 인터뷰는 말 그대로 직접 만나서 하는 방식인데요. 인터뷰 대상이 편한 시간과 장소를 정하는 것이 일반적입니다. 대면 인터뷰 장점은 취재원을 직접 보면서 취재한다는 데 있습니다. 취재원의 표정과 몸짓을 직접 확인할 수 있기 때문에 어떤 취지로 말하는지 쉽게 판단할 수 있거든요.

취재원을 직접 만나기 어려울 땐 전화로 인터뷰하는데요. 인터뷰 시간은 줄일 수 있지만, 전적으로 취재원의 목소리에 의존해야 한다는 점에서 한계가 있습니다. 전화 인터뷰마저 어려운 경우에는 서면으로 인터뷰합니다. 요즘은 이메일이나 카톡으로 질문과 답변을 주고받는 형식입니다. 얼굴도 안 보고, 목소리도 듣지 못하니 무미건조할 수밖에 없지요.

대면이나 전화 인터뷰의 경우 A라는 질문에 답변이 충분치 않았을 때 A—1, A—2, A—3처럼 추가 질문을 통해 구체적인 답변을 끌어낼 수 있는데요. 서면 인터뷰는 A→B→C→D 순으로 질문지를 작성하기 때문에 질문과 답변이 툭툭 끊어질 수밖에 없습니다. 취재원이 직접 답변서를 작성했는지 신뢰하기도 어렵습니다. 그래서 서면 인터뷰는 '단순 확인'이 필요할 때만 선택하는 것이 좋습니다.

어떤 인터뷰든 취재원의 신상 정보는 사전에 파악하고,

질문도 여러 개 준비해야 합니다. 취재원에 대한 아무런 정보 없이 막무가내로 들이대면 성공적인 인터뷰를 기대하기 어렵기 때문입니다.

예를 들어 책을 출간한 작가를 인터뷰한다고 하면요. 기자는 일단 책부터 읽어야 합니다. 책도 읽지 않고 작가한테 집필 동기나 줄거리를 물어볼 순 없습니다. 실례이고, 무례입니다. 책을 읽고 궁금한 점을 준비했다가 정식 인터뷰 때 질문하고 대답을 들어야 합니다. 책을 읽고 묻는 것과 읽지 않고 묻는 건 하늘과 땅 차이입니다. 작가는 기자가 자신의 책을 읽었는지 안 읽었는지 단번에 눈치채기 때문입니다.

책 소개가 아니라 작가에 초점을 맞춰 인터뷰를 할 수도 있습니다. 그때 역시 작가의 신상을 제대로 파악해야 합니다. 고향이 어디이고, 유년기와 청년기는 어떻게 보냈으며, 작가가 되기 전 특이한 이력은 없는지 등등. 기자의 준비성에 감동한 작가는 묻지도 않은 이야기보따리를 풀어놓을 겁니다.

시간 조절도 잘해야 합니다. 주저리주저리 풀어놓는 이야기를 마냥 듣고 있을 순 없으니까요. 기사 쓸 시간을 염두에 두고 적절한 시점에 인터뷰를 마쳐야 합니다. 무엇보다 취재원이 편하게 말할 수 있어야 합니다. 기자는 필요한 질문만 짧게 물어야 취재원이 답변하기 쉽습니다. 질문이 중언부언하면, 취재원은 당황스러울 테니 참고하세요.

인터뷰는 그 방식을 떠나 '예의'가 중요합니다. 사람과 사람이 만나는 시간이기 때문에 상호 존중이 우선이어야 합니다. 기분이 상하거나 감정적인 질문을 할 경우 취재원이 자리를 박차고 나가거나 인터뷰를 거부할 수 있으니 유념하세요.

성공적인 인터뷰를 마치면 기자의 '인생'이란 통장에는 '사람'이란 재산이 늘어납니다. 사람이 곧 재산입니다. 여러분, 모두 모두 부자 되세요~

제보자에게 휘둘리면 낭패보기 십상

기자들에게 있어 제보는 사막의 오아시스 같은 존재입니다. 대부분 제보자와 기자와 일대일로 접촉하다 보니, 특종이나 단독 보도로 이어질 확률이 높습니다. 물론, 그런 기회가 자주 오는 건 아닙니다. 자주 오지도 않을뿐더러 걸러내야 할 제보가 더 많습니다. 그렇다고 제보자나 제보를 아예 무시할 수도 없습니다. 일단 확인 작업(팩트체크)은 거쳐야 하니까요.

제보자가 기자를 찾았을 땐, 그야말로 그 기자와 언론사를 향한 '믿음' 때문입니다. 몸이 아픈 환자가 의사를 찾듯이 말입니다. 실제 대다수 제보자는 '의지할 건 언론밖에 없다'라는 심정으로 연락해 옵니다. 그들은 자기만이 알고 있는 고급 정보나 내부 비리, 억울한 사연을 기자 앞에 허심탄회하게 털어놓고 싶어 합니다. 그런 사람에게 귀찮다고 피하거나, 골치 아픈 민원이라고 무시하면 어떻게 될까요? 이 땅의 마지막 양심마저 무너지는 순간 아닐까요?

10여 년 전, 천안시청을 출입할 때 일화입니다. 당시 시청 내 기자실을 자주 찾아오던 어르신이 계셨는데요. 시골에 있는 자기 땅을 누군가 훔쳐 가려고 한다는 겁니다. (확인 결과 사실과 달랐습니다.) 어르신은 허구한 날 기자실 문을 열고 들어와 기자들을 향해 이렇게 말했습니다. "그 못된 인간이 공무원들과 짜고 내 땅을 빼앗으려고 해."

그러나 자리에서 일어나 그 어르신에게 다가가는 기자는 없었습니다. 행여 눈이라도 마주치면 골치 아프겠다 싶어 고개를 숙이고 기사를 쓰는 척하는 기자도 있었습니다. 그러면 기자실에서 연배가 가장 많은 선배 기자가 일어서 어르신에게 물 한 잔을 건넵니다. 그리곤 이렇게 말합니다. "아이고, 더운 날씨에 그 먼 데서 버스 타고 여기까지 오셨어유. 시원한 물 한 잔 드셔유."

한여름 날씨 탓인지, 분이 잔뜩 서려서인지 얼굴이 발갛게 상기된 어르신은 그제야 간이 소파에 앉아 숨을 고릅니다. 숨을 고른 다음에는 항상 들고 다니는 서류 뭉치를 주섬주섬 책상 위에 올려놓습니다. 다음에는 넋두리 같은 제보를 주저리주저리 늘어놓습니다. 노老 선배는 마주 앉아 10분이고, 20분이고 가만히 들어줍니다. 말을 마친 어르신은 그제야 "고맙다"라는 말을 남기고 돌아갑니다. 어르신이 돌아간 뒤 후배 기자들이 한마디씩 합니다. "선배는 만날 똑같은 얘기를 들어도 질리지 않습니까? 이제 좀 그만 오라고 하세요."

그러면 선배는 이렇게 대답합니다. "그 힘없는 노인이 얼마나 의지할 데가 없으면 삼복더위에 여길 찾아왔겠나. 우리가 기사를 쓰지 않을 걸 알면서도, 그렇게 해야 마음이 풀리고 위안을 얻기 때문이지. 기자가 꼭 기사를 써야 기자가 아닐세. 맘 아픈 사연을 말없이 들어만 줘도 그 사람들한테는 고마울 걸세."

동료 기자들과 함께 노트북에 고개를 처박은 채 그 말을 듣는 순간, 얼굴이 시뻘겋게 달아올랐습니다. 쥐구멍이라도 찾고 싶을 정도로. 그 선배가 존경스러운 건 말 할 것도 없고요.

저는 그 일이 있은 뒤부터 기자실을 찾는 이가 제보자이든, 민원인이든 친절하게 대하려 애썼던 기억이 납니다. 때로는 "아니, 세상에 그런 나쁜 놈이 있어요?"라고 맞장구도 치면서. 지금 생각하면 저에게 그때 그 장면이 없었다면 어땠을까, 싶습니다.

불순한 의도를 갖고 언론을 이용하려는 제보자도 비일비재합니다. 괜히 잘못 엮였다간 오히려 기자가 해를 입는 경우도 많습니다. 감정에 이끌려 제보자에게 휘둘렸다가는 이러지도 저러지도 못하고 낭패를 보기 십상입니다.

그런 경험이 있는 기자는 일부러 제보받지 않으려고 이핑계, 저 핑계를 대면서 꽁무니를 뺍니다. 나름의 노하우라고 할 순 있겠죠. 하지만 그런 상황에도 유연하게 대처하는 게 기자의 처세술일 것입니다. "그런 건 기자를 찾을 게 아니라 경찰서에 가서 고발하세요"라고 몰아붙이면 더한 봉변을 당할지도 모릅니다.

일단 진지하게 제보자의 이야기를 들어야 합니다. 그리고 제보자의 의도와 제보의 가치를 냉정하게 판단해야 합니다. 속으론 "당신이 무슨 의도로 그런 제보를 하려는지 뻔히 알아"라고 생각할지언정 겉으로 표현하는 건 금물입니다. 그랬다간 "너 같은 놈이 기자야? 이러니 기레기 소리나 듣지"라며 시비가 붙고, 같이 경찰서 가는 일이 벌어질 수 있으니까요.

가장 좋은 방법은 솔직하고, 냉정해지는 겁니다. "선생님 말씀은 무슨 뜻인지 알겠습니다. 저를 믿고 오셨으니 취재는 해보겠습니다. 하지만 기사를 쓰겠다는 장담은 못 합니다. 어렵게 제보한 내용이 좋은 결과로 이어지지 못할 수도 있다는 얘깁니다. 최대한 선생님 편에서 도움을 드리려고 하겠지만, 제가 아직 실력이 부족합니다. 기사를 쓰지 못하겠다고 말씀드려도 실망하진 마세요. 저보다 더 유능한 기자는 주변에 얼마든지 있으니까요."

제보자에게는 미안하지만, 어쩔 수 없습니다. '무능한 기자'라는 소리를 들어도 순간입니다. 나쁜 의도를 갖고 접근한 제보자에 휘둘려 잘못된 보도를 한다면, 선의의 피해자를 양산할 수 있기 때문입니다. 그런 상황이 닥치면 기도문처럼 이런 주문을 외워보는 건 어떨까요. "가슴은 뜨겁게, 머리는 차갑게!"

기자들이여, 정장을 입어보자

2002년 한일월드컵 주역 박지성. 그는 당시 활약으로 유럽 리그에 진출했습니다. 그는 월드컵 이듬해부터 히딩크 감독이 지휘봉을 잡은 네덜란드 아인트호벤에서 뛰었습니다. 또 2년 뒤에는 축구 종주국인 잉글랜드 프로리그 무대를 밟았는데요. 소속팀은 세계 명문 클럽 맨체스터 유나이티드였습니다.

스포츠 뉴스를 통해 박지성 선수가 경기를 마치고 인터뷰하는 모습을 종종 봤습니다. 그때마다 그는 정장 차림이었는데요. 역시 영국이 '신사의 나라'로 불리는 이유가 있습니다. 운동복을 벗고 깔끔한 정장을 입고 인터뷰하는 모습에서 프로선수로서 품격이 느껴졌습니다.

저와 같은 신문사에서 국회와 청와대를 출입했던 선배가 떠오릅니다. 그 선배는 항상 정장을 입었습니다. 저는 그때 시청과 군청, 도청 등 지자체를 출입했는데요. 청바지에 캐주얼이 일상복이자 근무복이었습니다. 여름에는 티셔츠, 겨울에는 점퍼를 입고 기자실을 드나들었습니다.

정장은 입을 생각조차 안 했습니다. 막말로 정장은 애경사에나 입는 건 줄 알았습니다. 같이 출입하던 동료 기자들 대부분이 저와 같은 복장이었거든요. 정장 입을 필요성을 느끼지 못했던 거죠. 늘 넥타이에 정장을 입고 다녔던 선배가 오히려 이상하게 보였습니다. '옷이 저것뿐인가?' '청와대와 국회 출입한다고 유난 떠는 건가?'

시간이 흘러 그 선배와 제가 출입처를 맞바꾸게 됐습니다. 기자 생활 10년 만에 국회와 청와대를 출입한다는 마음에 잔뜩 설렜습니다. 처음 국회를 출입하던 날을 저는 아직도 잊을 수 없습니다. 기자들 대부분 정장을 입고 취재하고 있었기 때문입니다. 거기선 저처럼 정장을 입지 않은 기자가 더 어색하고, 촌스러워 보이기까지 했습니다. 그제야 왜 선배가 정장에 넥타이를 매고 다녔는지 이해할 수 있었습니다. 순간 얼굴이 뜨거워지는 걸 느꼈습니다. '아, 나는 이제껏 우물 안 개구리였구나. 촌기자처럼 살았어.'

다음 날부터 정장을 입었습니다. 아침마다 와이셔츠를

직접 다렸고, 넥타이를 골라 맸습니다. 그런데요. 놀라운 일이 생겼습니다. 평상복을 입을 때와는 마음가짐이 완전히 다르다는 걸 깨달았기 때문입니다. 기자라는 직업에 엄숙함이 느껴진다고 할까요. 아무튼 무언가 모를 진지함과 성숙함, 사명감이 샘솟았습니다. 박지성 선수가 정장을 입고 방송 인터뷰했을 때도 이런 기분이었을까요?

의복 습관에서도 품격이 만들어진다는 걸 배웠습니다. 사람은 누구나 달라진 환경에 처하면 그 환경에 적응하려고 노력합니다. 그 노력이 자기를 단련하고, 발전할 수 있는 계기로 삼는다면 더없이 좋겠지요. 그렇다고 우거진 숲이나 수해 지역을 취재하는데 정장을 입고 다니라는 소리가 아닙니다. 국가기관이나 공공기관을 출입하는 기자들은 되도록 정장을 입었으면 좋겠다는 마음입니다. 공무원들도 대부분 정장을 입으니까요.

권력기관을 견제하고 감시하는 기자라면 의복 습관에도 신경 쓸 필요가 있습니다. 한번 입어보세요, 형언할 수 없는 감정을 느낄 겁니다.

채워넣기와 덜어내기

저는 매주 금요일마다 칼럼을 씁니다. 2018년 1월 첫 주부터 시작했으니, 만 5년이 넘었습니다. 칼럼은 일반 기사와 달리 기자(글쓴이)의 주관이 실리는데요. 한주 한주 소재 찾기가 쉽지 않습니다. 보통 월요일부터 수요일까지 소재 고민합니다. 인터넷을 검색하고, 신문을 들춰보고, 시사주간지와 TV 시사 프로그램까지 섭렵합니다. 쓰는 것보다 소재 찾기가 더 어렵습니다. 소재만 정해지면, 거의 반은 끝났다고 할 정도니까요. 어떻게든 매주 하나씩 소재를 찾아내는 저의 뇌가 고맙고 안쓰러울 따름입니다.

'쓸거리'를 찾으면 곧바로 초고 작성에 들어가는데요. 이

때부터 저의 뇌는 또 바빠집니다. 쓰기와 전쟁을 치러야 하니까요. 일단 저는 떠오르는 대로 글을 쓰기 시작합니다. 제목을 먼저 정해놓고 쓸 때도 있고, 글을 다 쓴 다음에 달 때도 있습니다.

'초고'라는 덩어리를 만들어놓으면 한숨을 돌립니다. 소재 찾기까지가 일의 절반이라면, 초고를 마치면 80%를 끝낸 것과 같습니다. 문제는 나머지 20%인 '퇴고' 작업입니다. 퇴고를 어떻게 하느냐에 따라 글의 '완결성'이 정해지니까요. 글에 있어 퇴고는 '화룡점정畵龍點睛'이라고 할 수 있습니다.

매주 한 편의 칼럼을 쓰기까지 어림잡아 서른 번은 넘게 고칩니다. 때로는 동료 기자한테도 빨간펜 첨삭을 받습니다. 어느 부분을 덜어내고, 어느 부분을 채워 넣어야 할지를 놓고 출고 전까지 씨름합니다. 시시각각 변하는 곳이 정치권이다 보니 금요일 오전까지 상황 체크도 잊지 말아야 합니다. 채워넣기보다 덜어내기가 더 힘들고 고된 작업입니다.

대략 A4 용지로 1장 남짓 분량의 글을 씁니다. 원고지로 따지면 10장 정도인데요. 칼럼의 분량은 딱히 정해져 있진 않지만, 되도록 길지 않게 쓰려고 합니다. '정치 이야기' 자체가 재미없는데, 글까지 길고 늘어지면 보는 사람들이 지루할 것 같다는 생각 때문입니다. 그렇다 보니 덩어리를 자르고, 부수고, 버리기가 녹록하지 않습니다. 그래도 미련 없이 버리고 덜어내야 합니다. 어렵게 수집한 정보와 자료라도 과감히 날려야 합니다. 아깝다고 생각할 필요도 없습니다. 그래야 제 주관을 독자들에게 제대로 전달할 수 있을 테니까요.

지금 쓰는 글 역시 몇 번을 다듬고 다듬어 여러분께 내놓는다는 사실, 아시죠? 이렇게 갈고닦은 글이라도 정작 독자들 앞에 내놓으면 부끄러울 때가 한두 번 아닙니다. 아, 내가 왜 이렇게 썼지, 이건 이렇게 썼어야 했는데, 하는 후회가 쓰나미처럼 밀려옵니다.

> 나는 이렇게 고친다. 우선 다양한 방식으로 고친다. 모니터로 보면서 고치고, 출력한 종이에 끄적이면서 고치고, 소리 내어 읽으면서 고친다. 처음부터 보기도 하고 뒤에서부터 보기도 하고, 그래도 만족스럽지 못하면 누군가에게 보여주기도 한다. ─ 강원국 『나는 말하듯이 쓴다』 중에서

퇴고를 거듭할 때마다 글은 앞으로 나아갑니다. 채워넣기와 덜어내기. 기자뿐만 아니라 글 쓰는 사람이라면 피할 수 없는 최종 관문이지요. 하지만 저는 매주 찾아오는 '퇴고의 시간'이 기다려집니다.

일단 자유롭게 칼럼을 연재할 지면을 허락해 주는 회사에 고맙습니다. 또 유려한 글은 아니라도, 금요일마다 제 글을 기다려 읽는 독자가 있어 행복합니다. '이번 주는 쉴까?' 하는 악

마의 유혹을 떨쳐낼 힘도 모두 독자 여러분 덕분입니다. 항상 치열하게 준비하고, 치사하지 않게 쓰고, 치밀하게 채우고 덜어내겠습니다.

내가 시사주간지를 보는 이유

저는 매주 월요일마다 시사주간지를 삽니다. 출근길 서울역이든, 용산역이든 기차에서 내리면 습관적으로 편의점으로 향합니다. 가판에 막 나온 잡지들이 죽 늘어서 선택을 기다립니다. 4,000원의 행복과 골라보는 재미가 있습니다. 주로 '시사인'이나 '시사저널'을 보는데요. 이따금 '주간조선'이나 '한겨레21'도 사봅니다. 진보와 중도, 보수성향의 언론을 두루 접해 한쪽으로 치우치지 않으려는 나름의 노력인데요. 물론, 사고 나서 후회한 적도 여러 번입니다.

제가 시사주간지를 즐겨 보는 이유는 분석력과 통찰력을 기르는 데 안성맞춤이기 때문입니다. 기사의 방향과 틀을 짜고,

글을 쓰는 데 있어 도움을 얻습니다. 인터넷 기사의 생명이 속보성이라면, 주간지의 특성은 분석과 해설에 비중을 둔다는 것입니다. 속보성 기사도 중요하지만, 진단과 전망, 분석과 해설을 담은 기사는 깊이가 있습니다. 인터넷 기사는 호흡이 짧고, 주간지는 깁니다. 인터넷 기사가 '패스트푸드'라면, 주간지는 오랜 시간을 고아낸 '곰탕' 같다고 할까요.

아무튼 저는 월요일마다 이번 주 '커버스토리'가 무얼까 기대하고, 고대하며, 설렙니다. 하나의 주제(이슈)를 정해 취재원을 만나고, 사실관계를 확인하고, 따져보고, 기사를 작성해 지면에 실리기까지 고단했을 기자의 수고가 활자에 고스란히 묻어있습니다. 그래서 평소에는 거들떠보지 않았던 외신과 만평도 챙겨 봅니다.

그러다 보면 기사를 보는 시야도 넓어지고, 통찰력도 생깁니다. 저는 정치권에서 벌어지는 일련의 행태와 과정에 대한 분석, 정보를 파악하는데 주간지를 요긴하게 활용합니다. 머리글인 '한강로에서(시사저널)', '편집국장의 편지(시사인)' 등은 제 이름을 달고 매주 금요일 썼던 칼럼 '류재민의 정치레이더'의 모태였습니다.

주간지를 보면 재밌는 것 중 하나가 인터뷰 기사입니다. 제 주변에 인터뷰 진행방식과 기사 작성에 어려움을 토로하는 기자들이 있는데요. 시사주간지 '구독'을 권합니다. 어떤 주간지라도 좋습니다. 매주 한 꼭지씩 인터뷰 기사가 들어 있으니까요. 분명 도움이 될 겁니다.

핸드폰으로 넘겨보는 기사나 기자실마다 수북이 쌓인 일간지, 아침과 저녁 방송 뉴스도 취재나 기사 작성에 도움이 되겠지요. 문제는 무엇을 보고, 어떤 걸 읽느냐가 아닐 겁니다. 얼마나 열정과 의지를 갖고 배우려고 노력하느냐에 달려 있다고 봅니다.

그런 노력은 기자가 쓰는 기사 한 줄, 한 문단에 고스란히 박혀 독자에 전해집니다. 기사에 힘이 있고, 재미가 있으면 독자들은 돈을 주고라도 사 봅니다. 벌써 다음 주 월요일이 기다려지는 월요일입니다.

어떤 제목이 독자를 사로잡을까

글쓰기든, 기사 쓰기든 '제목'은 심장과 같습니다. 박동이 느껴지지 않는 제목은 글 전체의 생명력을 잃게 합니다. 신문 기사를 끝까지 읽는 건 시간 낭비라고 여기는 사람들이 꽤 많습니다. 바쁜 시대를 살고 있으니까요. 눈길을 확 끄는 제목이 아니면, 아무리 열심히 취재하고 공들여 쓴 기사라도 독자의 관심을 받기 어렵습니다. 그렇다 보니 부작용이 심합니다. 어떻게든 독자의 시선을 끌기 위해 선정적이고 자극적인 제목을 달기 때문입니다.

제목만 보고 기사를 찾아봤다가 '낚였다'라는 경험을 한 번쯤 해보셨을 겁니다. 호기심 잔뜩 어린 제목에 끌려서 봤더니

별 내용이 없는 기사였다면 얼마나 화나겠습니까. 기자인 저도 이따금 그런 기사를 보면 사기당한 느낌입니다. 그러고도 언론은 독자들에게 미안하거나 책임질 생각은 1도 없습니다.

선정적이고, 자극적이지 않으면서도 이목을 끌 수 있는 기사 제목은 어떻게 정해야 할까요? 일단 구체적이어야 합니다. 글이든 기사든 저자나 기자가 전할 메시지를 한 줄로 압축해야 합니다. 특히 기사 제목은 애매모호하면 곤란합니다. 분명한 뜻을 담아야 합니다. 대개는 대제목에 핵심(메인) 메시지를, 부제목에 부가(서브) 메시지를 담습니다.

제목은 또 재미있어야 합니다. 선정성과 자극성은 '지양'해야 하지만, 흥미를 유발하거나 감동을 불러일으킬 만한 제목은 '지향'해야 합니다. 〈한겨레〉 기자와 〈미디어오늘〉 발행인 출신 손석춘 기자가 쓴 책 『신문 읽기의 혁명』 중 한 대목을 예로 들겠습니다. 군 장성들의 공관 규모가 상식적인 수준보다 크다는 기사를 인용한 부분입니다.

> 흔한 표제로 한다면 '군 장성들 공관 터 너무 크다' 정도로 표현할 수 있을 터이다. 그러나 편집자라면 누구나 좋은 기사에는 그에 걸맞은 표제를 달고 싶다는 애착이 가게 마련이다. (중략) 그 기사의 주 표제는 「별나게 큰 '별들의 집'」이다. 여기서 '별나게'라는 말은 이중적 의미를 지닌다. '별난'

이라는 뜻과 '별(장성)이 나왔다'는 뜻을 함축하고 있다.

기사 제목은 취재기자가 쓴 원작으로 나갈 때도 있지만, 데스크(부장 또는 편집국장) 검토 과정에서 바뀌기도 합니다. 데스크는 현장에서 더 오랜 시간 취재하고 기사를 써 왔기 때문에 기자가 달아놓은 것보다 더 '세련되고 와닿는' 제목을 붙일 확률이 높습니다.

같은 현장에서 같은 인물이나 사건을 취재했더라도 신문사마다 제목이 각양각색입니다. 언론사마다 기사 논조가 다를 수 있고요. 데스크 성향과 관점에 따라 제목이 결정되는 경우도 비일비재합니다. 조중동과 한경오가 같은 사안을 보도하면서 '제목'은 각기 다르게 뽑는 이유도 이 때문입니다.

어쨌든 기사에서 제목은 심장이고, 기사의 얼굴입니다. 참신성이나 생동감이 느껴지지 않는 제목은 죽은 기사나 다름없습니다. 그래서 제목을 어떻게 다는지가 기사를 쓰는 것보다 더 어려울 때가 많습니다. 기사 한 꼭지 쓰면서 제목을 열두 번도 더 고치는 경우가 부지기수입니다.

분명한 사실은, 기자가 고민한 만큼 제목이나 기사의 질이 비례한다는 것입니다. 그래서 제목 달기는 '글로 생활자'의 숙명과 같습니다. 그 숙명을 이겨내는 방법은 고민하고, 또 고민하는 겁니다. 소설이든 에세이든, 시든 읽기를 권합니다. 어휘력이 늘어 명쾌한 제목을 정하는 데 도움이 될 수 있습니다. 때로는 유행가 가사나 광고 카피도 요긴하게 써먹을 수 있답니다. 냠냠.

누가 뭐래도 '기사'를 잘 써야 '기자'다

기자는 첫째도, 둘째도 기사를 잘 써야 합니다. 이 명제는 지구상에서 '기자'라고 불리는 이들에게 주어진 소명입니다. 그렇습니다. 기자는 광고를 수주하러 다니는 영업사원이 아닙니다. 위법 부당한 민원을 처리하는 '해결사'도, 뒷돈을 받고 범죄 행위를 묵인하거나 방조하는 '브로커'도 아닙니다.

기자는 '기사로 말한다'라는 말이 있습니다. 아무리 머릿속에 아는 지식이 많고, 정보가 차고 넘쳐도 기사로 쓰지 못하면 소용없습니다. 기사를 못 쓰는 기자는 '기자'가 아닙니다. 주변을 보면 어디서 주워들은 이야기를 가지고 아는 척하고, 남을 헐뜯거나 비방하고, 확인되지 않은 사실을 근거로 '허위 보도'를 일

삼는 꼴뚜기 같은 기자들이 어물전 망신을 시키고 있는데요. 그런 자들이야말로 언론개혁의 '1호 척결' 대상입니다.

이러니 '가짜 뉴스'가 횡행합니다. 국민에게 손가락질받는 정치권마저 언론을 잡겠다고 난리니까요. 그 모든 발단과 원인은 그릇된 언론과 기자들이 자초한 겁니다. 그래서 더더욱 기자는 기사를 잘 써야 합니다.

그렇다면 어떻게 쓰는 기사가 '잘 쓴 기사'일까요? 기자들 사이에서는 '찍소리 못하는' 기사라고 합니다. 다시 말해 반론과 반박의 여지가 없는 기사입니다. 이런 기사를 쓰려면 '팩트(사실)'를 써야 합니다. 팩트 보도를 위해선 빈틈없는 취재가 먼저고요. 비판과 지적뿐만 아니라요. 전문가 의견과 대안까지 제시했을 때 비로소 '잘 쓴 기사'라는 소리를 들을 수 있습니다.

얼마전 윤석열 전 검찰총장의 '고발 사주' 의혹이 정치권에 '뜨거운 감자'였습니다. 정치권을 발칵 뒤집히게 만든 건 다름 아닌, 신생 인터넷 언론입니다. '뉴스버스'는 윤 전 총장을 둘러싼 의혹을 연속 보도하며 국민의 시선을 집중시켰습니다. 이 언론은 불과 보도 두 달여 전 창간했습니다. 탄탄한 취재력과 '빼박'기사로 차기 유력 대권 주자를 궁지로 몰았습니다. 기사는 이렇게 써야 한다는 걸 보여주었습니다.

페이스북을 검색하다 공감할 만한 글이 있어 소개합니다.

「뉴스버스」가 단독 보도한 '고발 사주'는 물론 군더더기 없는 팩트다. 우리 언론계에는 이미 가짜뉴스들이 넘쳐나는 바람에 윤석열 캠프는 '고발 사주' 보도 역시 가짜뉴스라며 위기를 모면하려 하지만 전혀 설득력이 없다. 보아하니 「뉴스버스」의 취재력과 취재방식이 보통 탄탄한 것이 아니라 충분한 증거까지 확보하고 있는 것 같기 때문이다. 이런 언론에 걸리면 빠져나오려고 발버둥 치면 칠수록 점점 더 수렁에 빠질 확률이 높다. (중략)

페부커의 마지막 일침은 이 시대의 '기자들'에게 죽비를 때린 것과 같았습니다.

다른 대형 언론 기자들은 어디에 있는가. 오래전부터 수구세력의 선전부대로 전락한 조중동, 종편, SBS를 말하는 것이 아니다. 한겨레 경향 등 진보를 표방하는 언론들과 연합뉴스, KBS 등 공영언론의 기자들을 모두 합치면 이들 '뉴스 형제'들의 100배 정도는 될 것이다. (취재 지원과 연봉 규모까지 비교하면 그 차이는 더 커질 것이다) 검찰과 조중동 등과 충분히 정규전을 펼칠 역량을 갖춘 이들이 검찰개혁 전선에서 기껏해야 팔짱 끼고 방관하며 '가짜뉴스 피해배상제'를 반대하는 데에만 열을 올리고 있다. 대단한 철학과 신념을 가지라는 말이 아니다. 동물원에 갇혀 던져주는 죽은 고기만 탐할 것이 아니라 '팩트'를 찾아 들판을 헤매는 킬리만자로의 표범 같은 '직업의식'만이라도 갖추라는 말이다. —강기석, 뉴스통신진흥회 이사장 페북글

지역에서도 자신들 입맛대로 '왜곡 보도'하는 언론과 기자들이 수두룩합니다. 지역의 대표 신문이라고 잘난 척하면서, 정작 기사는 '개떡같이' 쓰고 찍어대는.

소규모 인터넷 신문과 영세 언론의 기사가 '메이저'를 사칭하는 무리보다 용감하고, '글발'도 낫습니다. 작은 언론사라고 무시하고, 큰 언론사라고 벌벌 떠는 시대는 지났습니다. 이제는 '기사'로 승부를 보는 시대입니다.

기사의 초점을 '인물'에 맞춰 보세요

기사의 소재는 다양합니다. 사회 현상이든, 국가 정책이든, 사건 사고든, 기자가 기삿거리라고 판단한 모든 것이 '취재원'입니다. 저는 기사의 초점을 현안이나 사건 사고보다 '인물'에 맞춰야 한다고 생각합니다. 이 세상에서 벌어지는 모든 일은 사람으로부터 시작하기 때문입니다. 독자는 나와 비슷한, 아니면 나와 다른 '사람들' 일에 궁금해합니다.

따져보면 정치와 경제, 사회, 문화 등 전 분야의 중심이 '사람'입니다. 기사에 등장하는 인물은 권력자나 재벌 총수 등 부유층과 엘리트부터 평범한 소시민과 사회적 약자인 저소득층까지 각양각색입니다. 부정부패를 저지른 권력층, 몰상식한 교육자들의 입시 비리, 대기업 회장의 갑질, 남몰래 한 선행, 노약자들의 가난한 삶이 기사에 주로 등장하는 이유입니다.

기자는 그들의 이야기를 세상에 알려 여론을 모읍니다. 잘못을 바로잡고, 선행을 실천한 사람은 칭찬받게 하고, 어려운 이웃은 후원과 지원을 받을 수 있도록 '매파'가 됩니다. 반대로 범죄를 저지른 자는 혹독한 비판과 처벌을 받게 만듭니다. 언론을 '사회적 공기公器'라고 부르는 이유는 여기에 있습니다. 공공의 목적과 공익적 가치를 추구하는 것이 언론의 역할이니까요. 그들의 사연에 우리는 때로는 공분하고, 때로는 가슴 따뜻해지고, 때로는 마음 아파하며 보다 나은 세상을 설계하고, 준비하고, 연대하며, 행동에 나섭니다.

'텔레비전에 내가 나왔으면 정말 좋겠네~'라는 동요 아시죠? 제가 어릴 적만 해도 스마트폰은커녕 컴퓨터가 있는 집이 몇 안 됐습니다. 그러다 보니 일반적인 정보는 신문이나 텔레비전을 통해 접했는데요. 제가 살던 동네 한 어르신은 봉사상을 받은 소식이 지역 신문에 실렸다고 동네방네 자랑을 하고 다녔습니다. 스크랩한 기사를 코팅해서 가보로 삼겠다고 했을 정도입니다.

살면서 자기 이름이 실린 신문 기사를 보는 사람이 얼마나 될까요? 많지 않을 겁니다. '보통 사람'에게 신문 기사나 방송 보도는 죽을 때까지 잊지 못할 추억이고, 영광입니다. 물론 지탄

받는 대상이 아닌, 선행으로 알려져야죠. 기자인 저도, 제 이야기가 나온 신문과 방송을 찾아보면 흐뭇하고 뿌듯하거든요.

어떤 기자들은 미담에 인색합니다. 유력 정치인이나 유명 연예인 스캔들 같은 가십성 기사에 치중하는 건 바람직하지 않다고 봅니다. 어떤 기자들은 개인 SNS에 올린 글을 그대로 퍼다가 기사라고 씁니다.

정치적 이해관계나 경제적 이득을 의도해 '언론플레이'를 노리는 막돼먹은 사람들도 숱합니다. 기자는 그런 이들에게 현혹되고 농락당하지 않도록 조심해야 합니다. 평범하지만, 사회의 어둡고 그늘진 곳에서 묵묵히 일하는 이웃들의 이야기가 많은 언론을 통해 전해졌으면 좋겠습니다. 분명하고 명심할 건, 어딜 가나 '사람이 먼저'입니다.

기사는 타이밍, 아끼면 '똥'된다

기자로 살면서 간혹 타이밍을 놓쳐 낭패를 보거나 후회한 적이 있습니다. 오늘은 피곤하니 내일 취재해야지, 설마 나 말고 누가 이걸 쓰겠어, 이렇게 방심하다 다른 기자에게 특종을 뺏기는 게 언론계 생리입니다.

2021년 1월 19일 〈한겨레〉 1면 사진기사가 눈길을 끌었습니다. 타이밍의 중요성을 실감한 기사입니다. 눈 내리는 서울역 광장, 추위에 떨던 노숙인이 지나는 시민에게 "커피 좀 한 잔 사 달라"라고 했습니다. 시민은 노숙인에게 자신이 입고 있던 잠바와 장갑을 벗어주고 돈까지 쥐여주곤 홀연히 떠났습니다.

이 광경은 서울역 맞이방에서 대통령 신년 기자회견 현

장 취재를 하고 나오던 사진기자 눈에 들어왔습니다. 기자는 카메라 렌즈에 두 사람을 담았고, 다음 날 천지간에 '감동 실화'로 알려졌습니다. 만약 기자가 그때 현장에 없었다면 훈훈한 기사가 나올 수 있었을까요? 설사 현장에 있었더라도 대수롭지 않게 여겨 촬영하지 않았다면, 기사는 빛을 볼 수 없었을 겁니다.

기사를 쓴 백소아 기자 역시 "사진기자를 하면서 깨달은 것 한가지는 눈에 보였을 때 일단 찍어야 한다는 것입니다. '조금 있다 찍지 뭐'라고 생각하는 순간 중요한 장면을 놓친 적이 한두 번이 아니기 때문"이라고 설명했습니다. 이처럼 기사는 타이밍이 중요합니다. 기자는 며칠 뒤 촬영 당시 상황을 별도 기사로 썼습니다. 촬영 '뒷얘기'를 독자들에게 A/S(애프터서비스) 한 셈이지요. 얼마나 친절한 기자입니까.

기자는 노숙인 행색을 미처 발견하지 못한 스스로를 부끄러워했습니다. 또 노숙인에 선의를 베푼 시민에 감사한 마음을 담았습니다. 커피 한잔 대접하고 싶으니 부담스럽지 않으면 연락 바란다는 마지막 문장은 겸손과 예의가 느껴졌습니다.

그날, 저는 대통령 신년 기자회견 온라인 참석을 위해 충남 가로림만 앞 갯벌에 있었습니다. 그곳에도 서울역 못지않게 참 많은 눈이 내렸습니다. 어촌계 사람들은 어스름 새벽이 익숙한 양 주섬주섬 옷을 입고 나와 눈을 치웠습니다. 어디서 왔는지 모를 기자가, 대통령에게 동네 사정을 전해 준다기에 고마워

했습니다. 그래서 트랙터를 몰고 나와 눈을 치우고, 수십 미터가 되는 거리의 인터넷 선을 연결하고, 천막을 쳤습니다.

서산시 관계 공무원들은 휴일도 반납하고 나와 일을 도왔습니다. 핫팩을 가져다 제 목과 엉덩이와 주머니에 꽂아 넣고 "가로림의 '가' 자만 나오게 해 주세요"라고 기도 했습니다. 어촌계 주민들과 담당 공무원의 기도와 바람은 대통령 앞에 가닿지 못했습니다. 사람들은 제가 왜 그날 가로림만에 갔는지 모릅니다. 지역주민들이 눈보라와 추위에 얼마나 고생했는지도 모릅니다. 그래서 후배 기자한테 부탁해 후일담을 기사로라도 썼습니다.

저도 저녁마다 출연하는 지역 라디오에 가로림만에 간 이유와 '서산 사람들'을 소개했고, 브런치에 글도 썼습니다. 그렇게나마 그들에게 고마움을 표시하고 싶었습니다. 그 시간과 순간을 놓치면, 두고두고 후회할 것 같았거든요. 이때다 싶으면 후딱후딱 써야 합니다. 기사는 타이밍입니다. 신줏단지 모시듯이 아꼈다간 '똥'만 됩니다.

낙종이라 울지 마라, 특종의 기회일 수 있으니

2022 베이징 동계올림픽이 한창때였습니다. 우리나라 강세 종목인 쇼트트랙이 얼마나 선전할지 관심이 집중되고 있었는데요. 금메달을 예상했던 최민정 선수가 500m 준준결승에서 탈락했습니다. 마지막 두 바퀴를 남기고 코너를 돌다 미끄러져 넘어지고 말았습니다. 다른 선수와 접촉이 없었기 때문에 어드벤티지(구제)도 받지 못했습니다.

여자부에 이어 남자 1000m 준준결승이 열렸습니다. 5명이 한 조를 이루어 2명이 준결승 진출을 하는데요. 놀랄만한 상황이 벌어졌습니다. 마지막 바퀴를 앞두고 1위부터 3위까지 동시에 넘어진 겁니다. 4위와 5위였던 선수들이 최종 1위, 2위로

결승선을 통과했죠. 넘어진 세 명 중에는 1명만 '어드벤티지'를 받았습니다.

마지막으로 달리던 두 선수는 그야말로 운이 좋았습니다. '여기까지구나' 하고 포기하려는 순간, 어부지리 한 겁니다. 두 선수가 결승까지 올라 메달을 딸 수 있을지는 몰랐습니다. 다만 포기하지 않고 끝까지 달리면 뜻밖의 행운을 얻게 된다는 사실을 새삼 깨닫게 한 장면입니다.

기사도 그렇습니다. 다른 언론사 기자가 썼다고 포기해선 안 됩니다. 먼저 보도했다고 다 특종이 되는 건 아니니까요. 특종 했다고 방심했다간 후속으로 심층 취재한 기자에 밀려 인정받지 못할 수도 있습니다.

가령 A 기자가 유명 인사의 비리나 스캔들을 취재해 단독 보도했다고 가정할게요. 소위 물을 먹은 기자들은 직속 선배나 데스크에 혼이 나겠죠. 이때 A 기자가 기고만장해 후속 취재를 게을리하면 어떻게 될까요? 눈에 불을 켜고 후속 취재에 나선 기자들에게 밀릴 겁니다. 아마 그들은 유명 인사를 찾아가 밤을 새워서라도 기다렸다가 인터뷰에 성공하거나 끈질기게 달라붙어 추가 기삿거리를 발굴할 테니까요.

다른 예를 들어볼까요. 굳이 특종이라고 할 건 아닙니다. 민감한 지역 이슈와 관련해 국회의원이나 단체장이 SNS에 의견이나 견해를 밝혔다면요. 누군가는 그 사실만 기사화할 수 있습니다. 그걸 본 다른 기자들은 "별거 아니네"라고 대수롭지 않게 지나칠지 모릅니다. 본인이 한발 늦었다는 걸 인정하기 싫은 나머지 스스로 포기하는 거죠. 그러면 결코 발전할 수 없습니다.

기자라면, 그 정치인에게 연락해야 합니다. 전화하든, 인터뷰해서라도 왜 그런 글을 공개적으로 밝혔는지, 그 이슈는 왜 쟁점이 되고 있는지, 앞으로는 어떻게 전개될지 전망과 분석까지 쓰는 겁니다. 그래야 비로소 '기사다운 기사'가 되는 겁니다. 또 그걸 계기로 그 사람과 떼려야 뗄 수 없는 관계를 맺을 수 있습니다. 나아가 소중한 취재원이 한 명 늘어나는 소득도 얻는 거죠. 결과적으로 먼저 기사를 쓴 기자가 나에게 좋은 취재 아이템을 제공한 셈입니다. 전화위복이란 이런 때 하는 말이겠죠.

어떤 일이든 끝날 때까지 끝난 게 아닙니다. 앞서 소개한 쇼트트랙 경기처럼 후발주자들이 1, 2등으로 다음 라운드에 진출할 수 있으니까요. 포기하지 않고 끝까지 달리면 무슨 반전이 일어날지는 아무도 모릅니다. 반대로 넘어졌다고 포기하는 순간, 정말 모든 게 끝납니다.

4번 타자라고
홈런만
칠순 없지만

저는 야구 경기를 즐겨보는 편입니다. 한화 이글스 '보살팬'이죠. 어릴 때부터 야구에 꽂혀 살았더니 이제 '반半 캐스터' 정도는 됩니다.

타석에 들어선 선수들은 방망이를 휘둘렀을 때 타구 방향을 직감한다고 합니다. 담장을 넘어갈 것인지, 아니면 야수의 글러브에 잡힐 것인지 말이죠. 기자도 마찬가지입니다. 기사를 쓰고 나면 과연 먹힐 기사일지, 아닐지 느낌이 옵니다. 기분이 좀 다르거든요. 타석에 들어선 야구 선수라면 누구나 홈런이나 안타를 치고 싶은 것처럼, 기자들도 특종이나 단독 기사를 쓰고 싶어 합니다. 맘처럼 쉽지 않은 게 문제죠.

4번 타자라고 매번 홈런만 칠 순 없습니다. 삼진을 가장 많이 당하는 게 4번 타자이기도 합니다. 반대로 삼진을 두려워한다면 홈런을 칠 수도 없겠죠. 홈런왕 베이브 루스는 "모든 삼진은 홈런으로 가는 길이다"라는 명언을 남겼습니다. 기자도 그렇습니다. 특종이 길바닥에 떨어져 '나 여기 있소'하진 않거든요. 기회는 의도하지 않은 순간 '갑자기' 찾아옵니다.

'갑자기'라고 해도, 그 순간은 아무한테나 오지 않습니다. 낙종을 두려워하지 말고 도전해야 합니다. 기회는, 노력하고 준비하는 사람한테 먼저 찾아오기 마련이니까요. 훈련을 게을리하거나, 상대 투수 장단점을 파악하지 않으면 방망이 한번 휘둘러보지 못하고 삼진을 당할 게 뻔합니다.

기자도 다를 바 없습니다. 평소 신문 읽기나 독서를 제대로 하지 않으면 기회가 와도 그게 기회인지 알아차리지 못합니다. 버스가 바로 앞에 와 있는데도 타야 할 버스인지 분간할 줄 모릅니다. 한번 떠난 버스는 다음 정류장에서도 잡기 어렵습니다. 기자도 운동선수처럼 꾸준한 훈련이 필요하다는 얘기입니다.

남들이 하는 만큼 하면 그저 그런 선수, 그저 그런 기자는 될 수 있겠지요. 하지만 존재의 이유가 없잖아요. '프로의 세계'에서는 더더욱 버틸 수 없지요. 1군 진입도 못해보고 2군 생활만 하다가 은퇴하는 선수도 수두룩합니다. 그런 선수가 있었나, 아니면 그런 기자가 있었나 조차 모른 채 사라지는 겁니다. 선수나 기자나 '근성'이 있어야 성공할 수 있습니다.

시즌 시작 전 충분히 몸을 만들어야 개막 이후 성적을 낼 수 있는 것처럼, 기자도 차근차근 내공을 쌓아야 합니다. 복습보다 예습이 중요한 것이 언론계입니다. 다른 기자가 이미 보도한 뒤에 뒷북을 쳐봐야 소용없다는 얘기입니다. 왜 '하늘은 스스로 돕는 자를 돕는다'는 말이 있잖아요? 기회는 미리 준비하는 자에게 오는 법이라고 합니다. 지금 알고 있는 걸 그때 알았더라면, 하고 땅을 치고 후회하면 뭐 합니까. 하느님이 아무리 보우하사 그때로는 돌아갈 수 없는데요.

내일 할 일을 오늘 미리 계획해 보세요. 무엇을, 어떻게 취재할 건지 그림(기사의 방향)을 그려보세요. 그러면 내일이 쉬워지고, 기사도 술술 써질 겁니다. 적어도 '루킹 삼진'을 당하진 않을 겁니다. 혹시 모르죠. 연타석 홈런을 칠 수도.

기사에서 가장 중요한 육하원칙은 '왜?'

'육하원칙'이라고 들어보셨을 겁니다. 초등학교 국어 시간에 배웠던 '5W1H' 기억나시죠? 누가WHO, 언제WHEN, 어디서WHERE, 무엇을WHAT, 어떻게HOW, 그리고 왜WHY입니다. 기사문에 반드시 들어가야 할 기본 요소입니다. 이것이 없으면 기사 자체가 성립하기 어렵습니다.

육하원칙에 들어가는 요소는 모두 중요하지만, 가장 중요한 걸 꼽는다면 뭐라고 생각하세요? 네? '무엇을WHAT'이나 '어떻게HOW'라고요? 네, 물론 저마다 중요도가 다를 수 있습니다. 저는 개인적으로 '누가WHO'와 '왜WHY'라고 봅니다. 둘 중 하나만 골라야 한다면, 주저 없이 '왜WHY'를 뽑겠습니다. 왜냐고요? 벌써 질문에 '왜'가 들어가지 않습니까.

기자가 기사를 통해 전달하거나 설명하려는 메시지, 독자가 알고 싶은 정보는 '왜'에서 출발하기 때문입니다. 기자가 기사를 쓸 때는 다 이유가 있습니다. 그 '이유'에 이미 '왜'가 들어가 있는 겁니다. 독자 역시 기사를 보기 전이나 제목만 보고 '이 기사는 왜 썼을까'하는 호기심을 갖습니다. 그런 다음 읽기 시작합니다. 기자와 독자 모두 '왜'라는 궁금증으로 기사를 쓰고 보려는 겁니다. 유일한 '공통분모'라고 할 수 있죠.

따라서 저는 기사를 쓸 때 6가지 기본 요소 가운데 '왜'를 가장 중요하게 여깁니다. 기자 스스로 '내가 이 기사를 왜 쓰는가'라는 가치 정립을 하지 않은 채 쓴 기사는 기사로서 가치가 없다고 확신합니다. 하나 더 말씀드리면, 육하원칙도 순서를 지켜야 합니다. 그래야 독자가 읽기 쉽고 편합니다. '어순'이라고 하지요.

우리는 '주어→목적어→서술어' 순서에 익숙한 민족입니다. 영어처럼 주어 다음에 동사가 오는 구조가 아니니까요. 그래서 순서를 뒤죽박죽 하면 읽는 사람이 불편합니다. 독자에 대한 예의가 아닙니다. 기사는 자기만 보려고 쓰는 글이 아니기 때문입니다. 그런 글을 쓰고 싶다면 일기장에 쓰면 됩니다. 일기장에 썼다고 욕할 사람은 아무도 없으니까요. 그럼에도 불구하고 어순을 제대로 지키지 않는 기사가 많습니다. 그건 기자의 잘못된 습관 탓입니다. 그런 습관은 빨리 고쳐야 합니다. 안 그러면 독자들한테 욕을 바가지로 먹습니다.

잠깐 삼천포로 샜는데요. 제가 하려는 얘기는 기사를 쓰거나 읽을 때는 '왜'에 초점을 맞추어야 한다는 겁니다. 비단 기사뿐만이 아닙니다. '왜'는 언론뿐만 아니라 여러 분야에서 트렌드로 평가받고 있습니다.

> 애플의 혁신가였던 스티브 잡스는 탁월한 설득력을 지닌 프레젠터이기도 했다. 그의 프레젠테이션을 본 많은 사람이 그에게 매료되고 설득되어 애플의 마니아가 되었다. 스티브 잡스의 프레젠테이션이 남달랐던 것은 언제나 WHY에서 출발했다는 데에 있다. 그는 '무엇을 만들었는지', '어떻게 만들었는지'에서 시작하지 않았다. 언제나 '왜 이 제품을 만들었는가'에서 시작했다. 그는 WHAT과 HOW는 애플이 만든 제품을 보여주면 되므로 가장 중요한 것은 WHY라고 생각했다. '왜 이 제품을 만들었는지'가 바로 사람들이 그 제품을 사는 이유가 된다고 믿었기 때문이다.
>
> — 조용민 『언바운드』 중에서

자, 이제 제가 왜 육하원칙 중에서 '왜WHY'를 가장 중요하게 생각하는지 아셨죠?

보도자료 우습게 보다 큰코 다친다

기자들은 항상 출입처로부터 보도자료를 받습니다. 기관이든 단체든 홍보부서가 있는 곳에선 매일같이 보도자료를 작성해 배포합니다. 보도자료만 전담하는 직원이 별도로 있을 정도입니다. 그들이 보내는 자료는 '절반의 기사'라고 보면 됩니다. 왜냐하면 출입처에서 보내오는 자료를 토씨 하나 바꾸지 않고 보도하는 기자들이 많기 때문입니다. 기사의 틀에 맞춰 손보지 않을 정도로 작성해서 보내주니 얼마나 고맙습니까.

보내온 자료에 기자 이름만 입력해서 보도하는 행태를 서슴지 않고 있다는 사실, 여러분은 알고 계시나요? 다 된 밥에 숟가락 올리거나, '손 안 대고 코 푸는 격'이지요. 그렇게 따지면 기자는 참 편한 직업입니다. 물론, 이 땅의 기자들이 전부 그렇다는 건 아닙니다. 일부 몰지각한 기자들에 국한한 얘기입니다.

하지만 기자들 가운데 상당수는 보도자료를 쉽게 다루는 경향이 있습니다. 솔직히 저도 그렇거든요. 직접 취재하고 작성한 글이 아니면 기사 가치(밸류)나 집중력이 떨어질 수밖에 없죠. 그렇다고 우습게 보면 안 됩니다. 큰코다칩니다.

출입처 보도자료에 오타가 있다거나 맞춤법이 틀린 부분을 고치지 않고 그대로 보도할 경우가 왕왕 있습니다. 그렇게 되면 독자들은 '맞춤법도 모르는 기자' '게이트 키핑Gate Keeping도 하지 않는 언론사'라고 욕하기 쉽습니다. 눈앞에는 안 보이니 맘속으로 마구마구 할 겁니다. 기자로선 억울하겠죠. 그래도 어쩔 수 없습니다. 직접 취재해서 보도한 기사나 출입처 보도자료를 보고 쓴 기사나 독자의 눈에는 모두 '기자가 쓴 기사'이기 때문입니다. 발굴 기사와 보도자료를 구분해서 보는 독자는 얼마 없습니다. 아니, 한 명도 없을 겁니다.

그래서요. 보도자료 하나라도 허투루 쓰면 안 됩니다. 기자야 그렇다 치고, 소속 언론사에 대한 신뢰마저 하락하는 순간이니까요. 사건 사고는 긴장이 풀렸을 때 가장 많이 발생합니다. 투수도 상위타선을 잘 막아놓고 하위 타선에서 홈런을 맞을 때가 많습니다. 상위타선은 잘못 던지면 실점할지 모른다는 위기감에 잔뜩 긴장합니다. 그렇다 보니 공 하나하나 집중하고 신중하게 던지는데요. 큰 산을 넘었다고 생각한 순간 예상치 못한 곳에서 큰 것 한 방을 맞는 것이죠. 프로의 세계에서는 '1할 타자'도 담장을 넘길 능력을 갖추고 있습니다.

신문과 방송을 보는 요즘 독자와 시청자 모두 '프로'입니다. 댓글과 방송사 게시판을 통해 비판과 지적을 담은 냉정한 평가를 보냅니다. 기사 하나라도 쉽게 생각하고 썼다가는 자존심에 '스크래치'는 차치하고, 시말서 쓸 수 있습니다. 누구라도 알거나 보면, 얼마나 얼굴 화끈거릴 일입니다. 쥐구멍에라도 숨고 싶을 만큼 부끄러울 일입니다.

그래서 평소에 맞춤법 책 사서 보고, 외래어 표기 사전을 보고 공부해야 합니다. 기사를 다 쓰고 나서는 몇 번이고 확인해야 합니다. 숫자 1000에서 '0' 하나를 더하거나 빼진 않았는지, 피의자와 피해자를 바꿔 쓰진 않았는지, 사흘(3일)을 '4흘'로 쓰진 않았는지, 아이를 '낳다'를 '낮다'나 '낫다'나 '났다'나 '나았다'라고 쓰진 않았는지. 확인하고 또 확인해야 합니다.

기자 혼자 떠든 기사가 갈 곳은 휴지통

식당 요리사는 손님 입맛에 맞는 음식을 만듭니다. 물건을 만드는 공장장도 소비자가 좋아할 만한 형태로 틀을 짭니다. 디자이너 역시 옷 입을 사람의 취향을 먼저 생각합니다. 요리사와 공장장과 디자이너가 자기만의 세계에 빠져 무슨 맛인지 통 모르겠을 음식을 내놓고, 불량품을 생산하고, 감각에 뒤떨어진 옷을 만든다고 생각해보십시오. 상상만 해도 어처구니가 없겠죠.

기자도 독자 입맛에 맞는 기사를 써야 합니다. 그래야 팔리니까요. 기자 혼자 일방적으로 끌고 가는 글을 좋아할 독자가 있을까요? 말도 안 되는 글을 지껄인 신문을 돈 주고 사보고 싶을까요? 절대 없을 겁니다. 그런데도 나약하고 어린 기자들은 오늘도 곳곳에서 '팔로우 미follow me(나를 따르라)'를 외치며 팔리지도 않을 기사를 쓰고 있습니다. 무슨 개고생인지 모르겠습니다.

자기가 써놓고도 정확히 무슨 내용인지 모른다는 기자가 있다면, 믿어지나요? 감정이 잔뜩 배어있는 주관적이고 일방적인 글을 '기사'랍시고 떡하니 내놓는 근거 없는 자신감은 대체 어디서 그렇게 샘솟는지 모를 일입니다. 지면을 개인의 분풀이, 화풀이용으로 삼는 상식 이하의 기자도 있습니다.

조회 수에 전적으로 의존하는 건 바람직하지 않습니다. 다만, 조회수를 토대로 기자가 쓴 기사 중에 어떤 기사에 독자들이 반응했는지 살펴볼 필요는 있습니다. 그래야 독자들의 관심사를 파악할 수 있을 테니까요. 가독성 낮은 출입처 담당자나 볼 보도자료 10개 쓸 바에 독자의 두 눈과 검지 손가락을 사로잡을 '킬러 콘텐츠' 하나 더 찾아 쓰는 게 효과적이고 효율적입니다.

'고객만족경영CSM'은 이미 1980년대부터 기업 이익을 창출하는 가장 중요한 수단으로 주목받기 시작한 개념이다. 고객만족경영이란 말 그대로 고객을 만족시켜 감동을 줌으로써 제품 서비스를 구매하도록 유도하고 나아가 브랜드 선호도를 높이는 것이었다. 그리고 고객을 만족시키는 가장 중요한 요소는 제품 서비스의 '품질'이었다.

— 조용민 『언바운드』 중에서

언론사와 기자도 독자의 욕구와 취향에 부합해야 합니다. 독자가 원하는 분야에 초점을 맞추고, 그 분야에서 독자들이 궁금해하는 정보를 전달해야 합니다. 일종의 '전문점' 방식입니다. 고깃집에서 커피를 팔고, 국숫집에서 초밥을 팔고, 분식집에서 케이크를 판다고 생각해보세요. 개성 있네, 라고 할 순 있겠죠. 하지만 정작 그 가게 들어가 직접 살 사람은 많지 않을 겁니다.

고깃집에서는 고기를, 국숫집은 국수를, 분식집에서는 분식만 팔아야겠죠. 대신 고기의 식감을 좀 더 부드럽게, 국수의 면이 보다 감칠맛 나게, '김떡순'과 컬래보 할만한 신메뉴를 개발하는 노력을 게을리하지 말아야 한다는 얘기입니다. 어떻게? 부단히 공부하고, 연구하고, 도전해서.

무슨 스펙 자랑을 하는 것도 아니고, 모르는 전문 용어를 잔뜩 써놓은 기사를 보면 정신이 다 어지럽습니다. 문맥이나 어순이 안 맞는 기사를 읽다 보면, 괜한 시간만 낭비했다는 기분에 감정이 상할 때도 있습니다. 속으로 욕도 하죠. 정치면 정치, 경제면 경제, 사회면 사회, 문화면 문화 분야에서 전문성을 길러야 합니다. 자기가 맡은 분야에 전문가가 되어야 그 분야에 취향을 지닌 독자들 입맛을 맞출 수 있다고 생각합니다.

가령 기업체를 출입하는 기자가 정치 기사를 쓰고, 법조 출입 기자가 연예 기사를 쓴다고 상상해 보세요. 독자들이 원하는 걸 알기 이전에 기자 스스로 무슨 기사를 써야 할지 난처할 겁니다. 그런데요. 그런 기사가 정말 있습니다. 말해 뭐합니까, 이 나라에는 이름 없는 기자들도 차고 넘치는걸요.

독자를 물고기로 보고 '낚시질'이나 하는 기사는 재미도, 감동도 없습니다. 혈압과 울화만 치밀어 오르게 할 뿐이죠. 사회의 공기公器라고 하면서 왜 사회의 공해公害 취급받으려고 할까요. 매를 버는 언론이 아니라, 독자들의 맛집으로 소문난 언론이 많아졌으면 좋겠습니다.

누가 뭐래도 기자는 '사람'이 재산

기자들 사이에는 "기자가 돈이 없지 가오(자존심)가 없냐"라는 말을 심심치 않게 합니다. 많은 돈을 버는 직업은 아니지만, 언론인이라는 소명 의식과 자부심만큼은 재벌 부럽지 않다는 뜻입니다.

그러나 중앙이든, 지역이든 언론 환경은 그리 녹록지 않습니다. 듣도 보도 못한 매체가 생겼다가 자취 없이 사라지기를 반복합니다. 그만큼 언론사의 경영난이 극심하다는 방증일 겁니다. 게다가 유튜브 같은 1인 미디어가 늘어나면서 '기자인 듯 기자 아닌' 사람들이 가짜 뉴스를 퍼뜨리며 언론에 대한 신뢰와 이미지를 구겨놓고 있습니다. 주변에 '내가 이러려고 기자를 하고 있나'라고 자괴감을 느끼는 선후배가 꽤 많습니다.

그렇다고 단점만 있는 건 아닙니다. 어느 직업이든 빛과 그림자는 존재하는 법이니까요. 기자생활에 있어 보람은 '사람'이란 재산을 축적한다는 데 있습니다. 기자라는 직업은 매일 사람을 만나 취재하는 게 일이잖아요.

사회적으로 소외된 이웃부터 성공한 사업가를 비롯한 '오피니언 리더'까지 다양한 계층의 사람들을 만날 수 있다는 게 가장 큰 매력입니다. 그들을 통해 직접 경험하지 못했던 부분을 간접 체험할 수 있고, 전문가들을 통해 새로운 정보와 지식을 체득할 수도 있습니다. 기자가 아니었으면, 어떻게 그런 사람들을 쉽게 만나고, 자연스럽게 이야기하고, 글로 쓸 수 있을까요? 그래서 저는 앞서도 언급했듯이 기자의 가장 큰 재산은 '사람'임을 다시 한번 강조합니다.

각계각층의 사람들을 재산으로 모아두면 여러모로 쓸모가 있습니다. 도움이 필요한 사람들에게 소개해 문제를 해결할 수도 있고요. 기자 본인도 문제 해결이 필요한 상황에 부딪혔을 때 자문이나 조언을 얻을 수 있기 때문입니다. 저 같은 경우는 주로 충청의 정치와 행정을 다루다 보니까요. 지역에 소재한 대학 교수님들 조언을 관계자 멘트로 쓸 때가 자주 있는데요. 두 분야의 학자들과 네트워킹을 이루고 있습니다.

가령 지방분권과 자치 등 행정과 관련한 취재를 할 때는 충남대 최진혁 교수님이나 목원대 권선필 교수님, 한남대 원구환 교수님을 찾고요. 전반적인 정치와 관련해서는 배재대 최호택 교수님과 목원대 장수찬 교수님, 단국대 이희성 교수님에게 조언을 듣습니다. 정당과 관련해선 여권에선 중부대 권오철 교수님, 야권은 충남대 육동일 교수님이 잘 설명해 주십니다. 한 그룹당 2명 이상의 전문가를 알아둔 이유는, 연락이 되지 않을 때를 대비하기 위함입니다. 그런 '사람들'을 내 재산으로 만들려면 겸손과 공손이란 '밑천'이 있어야 합니다.

어떤 막 돼먹은 기자들은 취재원이 나이가 어리다고 반말합니다. 사회적 지위가 높은 사람을 만나서도 예의를 갖추지 않습니다. 기자가 무슨 대단한 '벼슬'이라도 되는 것처럼 군림하려 듭니다. 또 어떤 못된 기자들은 취재원에게 앙심을 품고 감정적인 기사를 써 곤경에 빠뜨립니다. 그리고 취재원이 고개를 숙이면, 승리자라도 되는 양 거들먹거립니다. 그래서야 어디 '목돈'을 마련할 수 있겠습니까. 물론 '기자 명함'만 들고 다니는 일부 몰지각한 이들 얘기입니다.

십수 년간 기자로 생활하는 저 역시 초년병 시절에는 혈기만 앞세워 취재원들과 다툼이 잦았습니다. 솔직히 감정적인 기사를 쓴 적도 있고요. 그래서 재산을 많이 모으지 못했나 봅니다. 연차를 거듭하면서 그땐 왜 그랬을까, 후회할 때가 많습니다. 지나고 나서 후회한 들 무슨 소용 있겠습니까. 이제야 뉘우

치고 성찰하며 '깐부'를 찾는 중입니다. '사람 재산'을 어느 정도 모으면 기부활동도 열심히 하겠습니다.

기자 지망생이 현직 기자에게 묻는 Q&A

지난 2020년 9월 기자를 꿈꾸는 인천의 한 고등학교 학생들을 대상으로 온라인 강의를 한 적 있습니다. 강의 이후 학생들이 한 질문을 하나씩 글로 모아 소개해 드릴까 합니다. 이번에 글을 쓰면서 넣고 뺀 것이 있어 실제 답변과는 다소 차이가 있습니다.

Q | 매일 기사 소재를 어디서 찾나요?"

솔직히 매일 고민입니다. 저뿐만 아니라 현직 기자라면 누구나 이 고민을 달고 살 텐데요. 기자들은 기본적으로 남들이 쓰지 않는 '단독' 기사를 쓰고 싶어 하기 때문입니다.

원칙적으로 기사의 소재는 기자가 찾아야 합니다. 그런데 현실적으로 출입처나 취재원으로부터 기사 쓸거리를 받을 때가 많습니다. 예를 들면 취재원으로부터 제보를 받는 경우가 있고요. 기자회견도 자주 있습니다. 하지만 제보나 기자회견이 날마다 있는 건 아닙니다.

그렇다 보니 일반적으로 출입처에서 나오는 '보도자료'에 의존하는 경향이 있는데요. 부처나 기관, 단체에서 홍보용 자료를 만들어 매일같이 언론에 제공합니다. 기자들 대부분 그 자료를 받아서 제목을 조금 고친다든지, 본문을 다듬어 기사를 작성합니다. 어찌 보면 참 편하지요? 하지만 이건 기사로서 가치가 약할 수밖에 없습니다. 가독성도 떨어집니다. 보도자료를 쓰더라도 추가 취재를 통해 기사를 더 키워야 비로소 자기 기사가 되는 거니까요.

어떤 독자들은 이렇게 말합니다. "왜 기자들은 현장 취재는 하지 않고, 출입처 보도자료나 쓰고 있나?"

변명 같은 설명을 하면요. 종이신문의 경우 지면을 채

워야 하고, 기획(발굴) 기사를 쓰려면 시간이 부족하기 때문입니다. 일간지 같은 경우에는 마감 시간이 정해져 있어요. 다음 날 발행할 신문을 찍어내야 해서 정해진 시간까지 기사를 써서 데스크로 보내야 합니다. 그렇지 않으면 신문에 자기 기사를 실을 수 없으니까요.

기획 기사를 쓴다거나, 집중취재한다거나, 연재물을 취재하다 보면 그날 쓸 기사가 마땅치 않습니다. 지면은 채워야겠고, 시간은 없고, 하는 수 없이 보도자료로 틀어막을 수밖에요. 저희 같은 인터넷신문은 종이신문이 아니잖아요. 마감 시간도 없습니다. 오늘 못 쓰면 내일 쓰면 됩니다. 시간이 걸리더라도 보도자료보다 가독성 있는 기사를 써야겠죠?

하나 더 설명하면 중앙언론과 지역 언론이 다루는 소재가 다릅니다. 접근방식의 차이인데요. 중앙의 눈으로 지역을 보기도 하고, 지역의 눈으로 중앙을 보기도 합니다. 저처럼 서울(청와대·국회)에서 근무하는 지역 언론사 기자들은 중앙의 눈으로 지역을 봅니다. 중앙 정부에서 하는 정책이나 중앙 정치권에서 일어나는 이슈들이 지역에 어떤 영향을 미치는지, 지역사회 분위기나 반응, 지방 정부의 대처와 자세 등을 구체적으로 파고들어 기사를 씁니다. 그것이 지역 언론의 존재 이유니까요.

중앙에서 벌어지는 일들은 중앙언론에서 다루는 대신,

지역 언론은 중앙언론이 다루지 않는 이야기를 지역의 관점에서 다룹니다. 그렇기 위해선 중앙지, 지역지 열심히 읽고, 지역 정치인들이 출연하는 시사 프로그램 열심히 듣고 보고, 페이스북 같은 SNS에 어떤 포스팅을 올리는지 찾아보는 노력을 게을리하면 안 됩니다. 그런 것들이 제가 쓰는 기사의 소재가 되니까요.

사족 몇 마디. 마냥 기자실에만 앉아 있다고 해서 기삿거리가 굴러오진 않습니다. '앉은뱅이 기자' 소리만 듣습니다. 취재원을 만나거나, 타 매체 보도를 부지런히 파악해서 정보를 얻는 노력을 해야 합니다. 남이 쓴 기사라고 쓰지 않는다는 건 그릇된 사고입니다. 특종은 못하더라도 낙종은 하지 말아야죠. 심층취재와 보강취재를 하면 더 훌륭한 기사를 만들 수 있습니다.

Q | 언제 기자 생활에 보람을 느끼나요?

"기사 잘 봤습니다", "고맙습니다" 같은 독자들의 긍정적인 반응이지요. 제가 쓴 기사가 독자들에게 파급력을 미쳤다고 느꼈을 때가 가장 보람 있고 기자로서 자부심이 생기는데요. 일단 편집 데스크를 거쳐 헤드라인에 기사가 올라가면 기분이 좋습니다.

다음으로 저희 매체는 인터넷 신문이니까 기사에 달린 댓글로 독자들의 반응을 살피기도 합니다. 기자마다 자기가 쓴 기사 조회 수도 알 수 있어요. 강이나 냇물에 그물을 쳐놓고 고기가 얼마나 잡힐까 기다리는 심정이라고 할까요. 물론 그물이 촘촘하지 않고 구멍 나거나 허술하다면, 많은 고기를 잡지 못할 겁니다.

하지만 종이신문들은 상대적으로 그게 어렵죠. 아침마다 활자(종이)로 인쇄해 배포하면 내 기사를 본 실제 구독자가 얼마인지, 또 내 기사를 어떻게 읽었는지 알 수가 없죠. 그렇다 보니 종이신문들이 인기가 예전만 못합니다.

저 같은 경우는 기사를 쓰고 나서 회사와 개인 페이스북에 기사를 링크해 올리거든요. '좋아요'나 댓글을 통해 반응을 볼 수 있습니다. 인터넷 신문의 가장 큰 장점인 기사 댓글이 달리면 좋은 내용이든, 나쁜 내용이든 즐기는 편입니다.

독자들의 그런 반응은 기자를 보다 성숙하게 합니다. 취재에 신경을 써야겠구나, 기사 작성에 신중해야겠구나, 하는 자아 성찰의 시간을 제공하기 때문입니다. 독자들의 격려와 응원, 충고와 비판, 조언 등이 기자들의 역량을 높이는 자양분이자 충격 요법입니다. 독자는 그저 기사를 읽고 소비하는 '객체'라고 평가 절하해선 안 됩니다. 기자라는 탈을 쓰고 독자와 국민(시민)을 우롱하거나, 기만하거나, 우습게 여기지 않는지 철저히 감시하는 '주체'여야 합니다. 그리고 언론사와 기자에게 확실히 반응하고 대응해야 합니다. 저는 언제든지 환영입니다.

Q | 취재하면서 가장 힘든 점은 무엇인가요?

여러 가지 상황이 있을 수 있겠지요. 취재에 필요한 정보를 얻는데 출입처나 취재원이 협조하지 않거나 소극적일 때, 또 겨우 취재를 마쳤는데 순식간에 상황이 바뀌어 보도하기 어려워졌을 때 등등. 그런 예를 들자면 한도 끝도 없을 것 같네요. 그래서 큰 틀에서 답변하겠습니다. 바로 취재 과정이나 기사를 쓴 뒤에 태클(압력)이 들어올 때입니다. 주로 비판 기사죠.

미리 말씀드리는데요. 저희 신문사는 기자가 쓴 기사를 일방적으로 내리거나 삭제하지 않습니다. 그런 언론사는 말로만 정론직필正論直筆을 떠드는 '사이비' 언론에 지나지 않습니다. 구성원인 기자도 '기레기' 소리만 들을 따름입니다.

권력을 견제하고 감시하며, 잘못된 정책을 비판하고, 합리적 대안을 제시하는 게 언론의 사명이자 존립 이유인데요. 그런 취재나 보도를 막거나 외면하는 순간 언론사로서, 기자로서 생명력을 잃는 겁니다. 식물언론, 식물 기자일 뿐입니다.

취재원의 관점에서 봤을 때 비판적인 기사를 취재하거나 기사를 쓰면 전화가 옵니다. 당사자가 직접 전화로 항의하는 경우가 일반적이지만, 저와 당사자를 아는 제3자(지인)를 통해 연락이 오는 때도 왕왕 있습니다. 혈연, 학연, 지연 등 연고주의가 만연한 국가와 지역사회에서 그들의 압력과 청탁은 거절하기도, 피하기도 어렵습니다. 하지만 눈 딱 감고 정중하게 거절해야 합니다. 그래도 안 통하면 단호히 대응해야 합니다.

이런 항의나 청탁을 한두 번씩 봐주기 시작하잖아요? 기자 스스로가 '중독'이 됩니다. '그래, 좋은 게 좋은 거지', "선배님 얼굴 봐서 기사 안 쓰겠습니다", "국장님, 광고 하나 크게 해 준다는데 기사 좀 내립시다" 등등.

이렇게 행동하는 기자는 기자를 하면 안 됩니다. 그걸 유도하는 언론사도 언론사를 운영해선 안 됩니다. 다른 일을 찾아보거나 하루빨리 신문사 간판을 내려야 합니다. 독자뿐만 아니라 지역사회, 국가 전반에 막대한 위해를 끼칠 수 있기 때문입니다. 저는 이 부분에 있어 나름의 철칙이 있습니다.

1. 오보가 아닌 이상, 삭제하거나 내리지 않는다.

2. 기사를 안 쓰면 안 썼지, '위선僞善'을 '선善'으로 포장

해 쓰지 않는다.

3. 기사와 광고를 엿 바꿔 먹지 않는다.

Q | 기자라는 꿈을 언제부터 갖게 되었나요?

대학 3학년 때부터 뭘 해 먹고살아야 하나 고민하기 시작했어요. 어느 날 아침 방송을 보면서 아나운서를 해볼까, 기자를 해볼까, 하는 생각을 했죠. 토익 준비를 위해 어학원도 다니고, 방송아카데미도 다니고, 프리랜서 리포터도 잠깐, 아주 잠깐 해봤는데요. 나름 재밌더라고요.

대학을 졸업하고 방송사 시험을 봤습니다. 무려 7번이나요. YTN부터 KBS, MBC, 부산방송, 전주방송, 대전 MBC 등등. 근데 안 되더라고요. 1차는 거의 서류인데, 여기서 떨어진 적은 없어요. 2차는 필기인 곳도 있고, 카메라 테스트인 곳도 있었는데요. 아나운서 같은 경우는 카메라 테스트가 2번씩이었습니다. 마지막이 면접이고요.

7번을 떨어져 보니 자신감이 바닥을 치더군요. 이건 아닌가 보다, 했지요. 그때는 방송사 신입사원 지원에 나이 제한도 있어서 사실상 포기했습니다. 그리고 전혀 성격이 다른 서울 강남에 있는 건설회사에 영업사원으로 들어갔습니다. 회사에서 먹고 자고 2년을 하다 보니까 적성에 맞지도 않고, 몸도 안 좋아졌습니다. '아, 이것도 내가 할 일이 아니구나'하는 생각이 들더군요.

다시 영어학원을 다니고, 다시 책을 펴고 언론고시를 준비했는데요. 그러다 고향인 천안에 내려와 인터넷신문과 주간지를 발행하는 지역 신문사에 입사했어요. 기자는 사실상 저 혼자였고, 기사도 거의 저 혼자 쓰다시피 했는데요.

처음에는 3년 정도 해볼 생각으로 다녔어요. 열심히 하다 보면 더 좋은 곳에서 스카우트 제의도 오겠지 하고 말입니다. 그땐 정말 밤낮없이 일했어요. 신문사 사정이 열악하다 보니 기사를 어떻게 쓰는지 알려주는 사람도 없었어요. 조직 체계라는 건 다른 신문사에나 들었을 법한 얘기였습니다.

별수 없이 저 혼자 신문 보고, 뉴스 보며 맨땅에 헤딩했습니다. 새벽녘에야 겨우 기사 마감하고 집에 들어가면 녹초가 돼 쓰러져 잠들기 바빴지요. 일주일에 한 번씩 주간지가 나오면 새벽에 차를 끌고 다니며 무가지無價紙 배달까지 했어요.

3개월, 수습이 끝날 즈음 스카우트 제의가 왔어요. 충청도에선 3대 일간지로 꼽히는 곳이었지요. 가야 하나, 말아야 하나 고민이 많았지요. 그런데 안 갔어요. 그때 저를 데리고 있던 편집국장 겸 사장님께 인간적으로 미안했거든요. 3개월 동안 걸어 키워준 은혜를 배신으로 돌려드릴 순 없다는 마음에 꼬박 2년을 다녔어요.

2년 뒤 스카우트된 곳이 지금의 언론사입니다. 그때는 제가 청와대와 국회를 출입할 거란 생각은 상상도 못 했지요. 운 좋게 평생의 은인 같은 선배를 만나 '기자다움'을 배웠습니다. 그 선배에게 받은 가르침과 배려는 제가 기자를 그만두는 날까지 잊지 못할 겁니다.

기자도 사람이고, 직장인인데 왜 유명한 언론사에서 돈 많이 받고 일하고 싶은 마음이 없겠습니까. 저도 그랬는데요. 그런데요. 15년 동안 기자 생활을 해 보니까요. 의지할 만한 선배와 동료, 조직이 신뢰로 뭉쳐 든든히 받쳐준다면 비바람 불어도 버틸 힘과 의리가 작동하는 곳이 이 바닥 아닌가 싶습니다. 누군가는 "사람에 충성하지 않는다"라고 했는데요. 저는 '사람다운 사람'에게는 충성합니다.

Q | 기자가 가져야 하는 자질은 무엇인가요?

열정과 용기, 그리고 겸손입니다. 왜 '구슬이 서 말이라도 꿰어야 보배'라는 말 있잖아요. 세상에 부조리한 일이 많아도 취재하지 않고, 기사를 쓰지 않으면 세상은 바뀌지 않습니다. 그대로입니다. 현장에 나가서 열정을 갖고 어떤 외압이나 압력에도 굴하지 않고 용기를 내서 기사를 쓰는 직업이 바로 기자입니다.

또 취재 과정에서나 보도 이후 취재원과 좋은 관계를 유지해야 합니다. 그래야 다시 취재현장에서 자연스럽게 만날 수 있거든요. 조언을 듣거나 제보를 받을 수도 있습니다. 말이나 행동에 겸손을 잃지 않아야 그들 역시 기자의 취재에 정중하게 응합니다.

Q | 취재에 성공하지 못했을 땐 어떻게 대처해야 하나요?

앞에 한 대답의 연장으로 볼 수 있는데요. 주저앉거나 돌아서지 마세요. 높은 곳에 매달린 포도를 본 여우가 '저 포도는 시고 맛이 없을 거야' 하고 체념하고 포기한 것처럼 말이지요.

열정과 용기가 있는 기자라면 어떻게든 재도전할 겁니다. 긴 장대를 가져오던지, 사다리를 놓고 올라가든지 지혜롭게 대처할 겁니다. 취재원을 바꾸든, 취재 방향을 바꾸든 여러 방법을 동원해 접근한다는 얘기입니다. 다만 무리한 취재와 기사 작성은 지양해야 합니다. 그렇게 되면 감정이 개입할 수 있기 때문입니다. 취재원이 기사를 원치 않거나 정중히 취재 요청을 거절한다면 수용하는 것도 나름의 지혜입니다.

기자도 '인간'이기 때문에 인정에 흔들리지 않을 수 없습니다. 하지만 사사로움에 흔들릴 거라면 '기자'를 할 이유가 없지요. 사회적으로 물의를 일으키거나, 여러 사람에게 피해를 준다거나, 생명과 재산을 위협할 정도의 사건 사고를 눈감고 넘어가선 더더욱 안 됩니다. 기자가 깨어있어야 세상을 바꿀 수 있습니다.

Q | 자극적인 기사, 비판적 수용하려면 어떤 곳을 눈여겨봐야 할까요?

요즘 SNS를 통해 자극적인 기사를 맹신하는 청소년이 증가하고 있는 추세인데요, 유튜브나 SNS에 너무나 많은 가짜 뉴스가 돌고 있어서 현업에 근무하는 일선 기자로서도 매우 안타깝습니다. 그래서 '가짜 뉴스'나 '낚시성 기사'에 법적인 제도나 장치를 마련해야 한다는 목소리가 큰데요. 정치권에서 하루빨리 가짜 뉴스가 판치지 않도록 법을 만들기 바랍니다.

학생들이나 청소년의 경우 이런 가짜 뉴스에 노출되면 사실과 거짓을 구분하기 어렵습니다. 성인도 마찬가지이고요. 우선 저는 여러 신문과 방송을 찾아볼 것을 권합니다. 예를 들어 보수성향이 강한 조중동, 진보성향이 강한 한겨레나 경향을 객관적으로 읽어봅니다. 공중파 방송이나 종편도 같은 시각으로 바라보길 권합니다.

다시 예를 들면 TV조선 〈강적들〉은 보수성향이 강하고, KBS1TV 〈더 라이브〉는 진보적 색채가 강한데요. 시사성을 다룬다는 면에서 보수와 진보성향 프로그램을 보면 본인의 취향이 결정될 것 같습니다.

책을 많이 읽고 신문을 많이 보면 기자가 기사를 쓴 의도가 무엇인지, 공통으로 전하고 있는 '사실fact'이 무엇인지 감이 잡힐 것이고, 행간도 읽히지 않을까 생각합니다. 그렇게 내공이나 구력을 쌓는다면 정확도 높고, 감정이 개입하지 않은 신문을 택해서 읽는 때가 올 것입니다.

Q | 현장 불개입과 체계적 학문으로서 저널리즘이란 어떤 것인가요?

다음 질문은 "'현장 불개입' 원칙으로 인해 생기는 트라우마, 어려움으로는 어떤 것이 있을까요?"였습니다.

다행히 저는 아직 그런 트라우마는 없습니다. 아마도 전쟁터를 취재하는 종군 기자들은 심할 것 같습니다. 총을 맞아 죽는 사람을 가서 구해줘야 하지만, 기자는 현장에 개입하지 않는다는 원칙 때문에 어린이나 노인, 장애인이 죽는 모습이나 광경을 지켜볼 수밖에 없다고 한다면 트라우마가 생기겠지요.

제 생각은 이렇습니다. 기자라도 위급하고 급박한 환경에 처한다면 상황에 맞는 기지를 발휘해야 한다고요. 내 도움이 없으면 사람이 죽을 수도 있겠구나, 큰일이 벌어지겠구나, 하는 판단이 서면 현장 불개입 원칙은 굳이 따르지 않아도 된다고 봅니다. 기자 본연의 역할이 기사를 써서 세상을 이롭게 바꾸고, 더 나은 공동체를 형성할 수 있도록 만드는 거니까요. 세상에 사람의 목숨이나 삶보다 중요한 건 없습니다.

다만, 이런 경우는 다릅니다. 코로나 사태 초기에 대구에서 많은 확진자가 나왔을 때, 신천지 발發 확진자가 늘어나고 있을 때를 예로 들면요. 감염 우려로 현장 취재를 제한하거나 현장에서도 직접적인 개입을 하지 못하는 부분은 어느 정도 양해해야 합니다.

현장에서 수고하는 의료진이나 관계자 모습을 취재하고 국민에게 알리고 싶다는 열정과 사명감은 충분히 공감하지만, 그로 인해 기자가 감염의 전파자가 된다면 더 많은 피해자와 희생자를 발생할 수 있으니까요. 그런 상황에서 판단도 지혜롭게 해야 하는 것이 기자라고 봅니다.

Q | 저널리즘이 체계적 학문으로 다뤄지려면 무엇을 갖춰야 할까요?

제가 신문방송학을 전공하거나 전문적으로 저널리즘을 공부하지 않아서 체계적 학문이라는 질문에 어떻게 답을 해야 할지 난감한데요. 제 의견을 말씀드리자면, 지금 제가 여러분에게 하는 것처럼, 현장에서 일하는 기자들의 목소리를 독자나 시민들에게 생생하게 전달할 수 있는 채널들이 많아져야 한다고 생각합니다.

제가 오늘 이 강의를 하겠다고 한 이유도 같은 연장선에 있습니다. 학교에서 텍스트로 배운 교육이나 학문이 현장에서 100% 작동하지 않기 때문입니다.

대한민국 '넘버원' 기자를 꿈꾸고 공부해서 유명 대학을 나와 유력 언론사에 입사한 기자가 몇 달 만에 그만둡니다. 중고등학교, 대학교, 대학원까지 마치면서 몇 년을 준비하고, 바늘구멍보다 더 뚫기 어렵다는 언론고시를 보고 대한민국에서 내로라하는 방송사나 신문사에 들어왔는데 말입니다.

왜일까요? 막상 현장에 나가 취재하고 기사를 쓰다 보면, 학창 시절 상상했던 언론과 기자의 세계가 '이게 아니다'라는 걸 체감하기 때문이에요. 이런 곳에서 내가 10년 20년 일할 순 없겠다 싶으니, 얼른 마음 고쳐먹고 그 좋은

'스펙'으로 다른 직업을 찾아보겠다는 거죠.

언론을 공부하고 언론인이 되기를 바라는 청소년이나 대학생들에게 현직에서 일하는 기자들이 많은 정보를 제공하고, 취재현장이나 소규모 언론사가 얼마나 열악하고 힘든지 실체를 공유하고, 전달함으로써 기자 직업을 선택했을 때 부딪치는 저항과 그걸 참아내는 역치를 높일 수 있다고 봅니다.

Q | 기사를 볼 때 지녀야 할 태도와 방법은 어떤 것이 있나요?

청소년들이 뉴스나 기사를 읽을 때 지녀야 할 태도, 방법이 있다면 어떤 것일까요? 사실을 가려서 보라는 겁니다. 아직 학생 신분인 여러분에게는 어려운 이야기일 텐데요. 그렇다고 실망하진 마세요. 현직에 있는 기자나 언론 종사자들도 기사에서 사실을 구분해 내기란 만만치 않으니까요.

아주 쉬운 예를 들면, 기사 중에 "~한 것으로 알려졌다", "~로 전해졌다" 등의 표현이 있는데요. 이건 기자가 실제 확인한 '사실'은 아닙니다. 직접 취재하고 확인한 내용이 아니기 때문에 단정하지 못한 겁니다.

기자들은 취재원 측에서 항의나 법적 분쟁이 생길 때를 대비해 비상구로 이런 표현을 씁니다. 한마디로 자신이 없다는 거죠. 기자가 직접 확인하고 취재했다면 '밝혀졌다'라거나 '확인됐다' 라거나 '드러났다'라고 써야 맞습니다. 이런 부분들을 유념해서 기사를 봤으면 좋겠습니다..

또 하나는 설령 기자가 확인하고 사실이라고 했던 기사도 나중에 보면 사실이 아닐 때가 종종 있습니다. 그건 정말 기자가 악의를 갖고 쓴 것일 수밖에 없는데요. '정정보도'나 '알려드립니다'라는 안내를 자주 하는 언론은 신뢰도가 떨어진다는 부분도 참고하면 좋겠습니다.

마지막으로 기자는 같은 사안을 놓고 우호적으로도, 비판적으로도 쓴다는 사실입니다. 가령 대통령이 주재한 회의나 기자회견에서 한 발언을 A 신문은 호평하고, B 신문은 비난했다고 합시다. 언론은 기본적으로 권력을 견제하고 감시하고 비판하는 기능을 하니 B 신문의 기사가 잘 썼다고 볼 수도 있지요. 하지만 충분한 근거 없이 맹목적인 비판과 비난을 했다면 그 역시 기사로서의 가치가 떨어질 수밖에 없습니다.

여러분이 신문 사설을 열심히 읽거나, 논술 공부를 충실히 하고 있다면 기사를 볼 때 근거가 논리적인지, 주장은 타당한지 판단할 것으로 생각합니다.

Q | 기사 쓸 때 내용 외에 가장 중점을 두는 부분이 있나요?

다들 잘 알겠지만, 기사는 두괄식으로 씁니다. 대제목, 소제목, 사진, 사진 설명, 리드. 이렇게 5가지는 기사의 심장과 같습니다. 기사의 구독 여부는 초반에 결정됩니다. 그래서 제목과 리드(첫 문장)가 가장 중요합니다.

리드lead를 토대로 본문 해설이 들어가는데요. 생선 머리와 몸통, 꼬리를 잘 구분해 놓고, 각 부위에 살을 붙이면 하나의 기사가 만들어집니다. 핵심은 머리에, 핵심에 대한 설명은 몸통에, 마무리는 꼬리에 배치하면 구성이 탄탄해집니다. 반대로, 머리에 몸통을 갖다 놓거나 꼬리에 머리를 갖다 놓으면 어떨까요? 아무도 그걸 생선이라고 여기지 않을 겁니다. 살 마음도 안 생길 겁니다. 서론에서 얼마나 경쟁력을 확보하느냐에 따라 기사가 팔리느냐 안 팔리느냐가 판가름 납니다.

Q | 객관적 판단으로 쓰기 어려울 땐 어떻게 하나요?

기자라는 직업을 희망하는 학생들과 나눴던 대화 중 마지막 답변을 소개합니다.

"기자는 상황에 대한 객관적 판단으로 기사를 쓰는 것이 어려운데, 이러한 경우에 객관적인 정보를 제공하기 위해 노력하는지, 아니면 자신의 가치관으로 설명하는지 궁금합니다."

상황에 따른 판단 역시 기자가 하는데요. 기자 경력이 짧거나 상황 판단이 안 된다고 생각하면 선임기자나 데스크와 상의합니다. 선배한테 물어보거나 차장, 부장, 편집국장 같은 상사에게 보고하고 지시받죠.

그들은 저 같은 상황을 먼저 경험했기 때문에 정답은 아니어도, 판단과 결정에 도움을 줄 겁니다. 여기서도 결국 최종 결정은 기자 몫입니다. 지시를 내린다면 대개 따르는 것이 좋지만, 무조건적인 건 아닙니다. 윗분들은 제 판단에 조언과 도움을 주는 조력자이고 참고서라고 생각해야 합니다.

객관적 판단을 할 건지, 주관을 개입해야 할지 고민은 기자가 하는 겁니다. 스트레이트 기사를 쓴다면 주로 객관적인 판단을 해야 하고, 기자의 가치관이나 주관이 담긴 글을 쓰겠다면 일단 객관적 사실과 내용을 담은 기사를 쓴 다음, 기자 수첩이나, 칼럼으로 준비합니다.

지금까지 기자를 꿈꾸는 고등학생들의 질문에 답한 내용을 재구성해 소개했습니다. 마지막으로 학생들에게 한

당부로 마무리합니다.

"손석희 사장이나 남형도 기자가 되도록 노력하세요."

손석희 JTBC 사장의 나이는 65세, 남형도 머니투데이 기자는 38세입니다. 여러분은 대략 17, 18세 정도일 테니, 남형도 기자와 스무 살 정도 차이 나겠네요.

저는 개인적으로 두 분을 직접 만난 적도 없고, 전화 통화를 해 본 적도 없고, '페친'도 아닙니다. 손석희 사장이 진행한 뉴스룸의 '앵커 브리핑'을 감동적으로 봤고, 남형도 기자의 '체헐리즘'을 신선한 충격으로 봤습니다.

두 분을 통해 언론은 이제 이렇게 가야 하지 않을까, 하는 방향성을 배웠습니다. 과거에는 '기자'라는 것이 기사만 잘 써야 한다고 여겼습니다. 하지만 지금은, 또 앞으로는, 그런 생각을 바꿔야겠습니다.

여러분은 지금 좋아하는 가수나 배우 이름을 2명만 말해보라고 하면 금방 대답할 수 있습니까? 식은 죽 먹기라고요? 그럼 지금 떠오르는 기자 이름 2명만 대라고 하면 어떤가요? 그건 어렵다고요? 당연합니다. 뉴스를 볼 때 기사는 봐도, 기자를 보는 독자는 드물기 때문입니다. 기자보다 언론사 이름을 보고 볼 신문을 고르니까요.

이제는 기자들이 전면에 나서야 합니다. 그리고 본인 스스로 알려야 합니다. 그것이 체험이든, 브리핑이든지요. 저는 매주 금요일마다 기자 칼럼을 씁니다. 3년째 쓰고 있습니다. 회사에서 시킨 게 아닙니다. 제 이름을 걸고 한 번 도전해 보고 싶어 용기를 냈습니다.

일주일에 한 번이지만 무척 어려운 작업입니다. 금요일은 생각보다 일찍 돌아오거든요. 제 이름을 달고 나가는 칼럼인데 허투루 쓸 수도 없지요.

매주 화요일부터 무슨 소재로 칼럼을 써야 하나 고민이 시작됩니다. 수요일과 목요일 정점을 찍고, 목요일 저녁부터 금요일 오전까지 최소한 서른 번 넘는 퇴고를 합니다. 주변에서는 "매주 쓰기 어려우면 격주든, 매달 한 번을 쓰든 여유를 가져라"라고 조언합니다.

솔직히 저도 유혹이 많습니다. 그런데 못하는 이유가 있습니다. 일주일마다 제 칼럼을 기다리는 독자가 있기 때문입니다. 지난 3년 동안 부친상을 치른 첫 주일을 빼고 매주 썼습니다. 그렇게 하면서 제 글쓰기 근육을 길렀고, 독자들로부터 신뢰를 쌓았습니다.

또 정신이 느슨해지지 않고, 마음을 다잡는 계기도 됐습니다. 기자는 공인이라는 영역에서, 무리한 기사나 사회에 해를 끼치지 않는 범위에서 자신을 알리는 노력도 해야 한다고 생각합니다. 나뿐만 아니라 몸담은 언론사의 가치와 신뢰를 높이는 일이기도 합니다.

준비된 사람은 어딜 가도 성공합니다. 꼭 기자가 아니어도 좋습니다. 어떤 직업을 갖더라도 여러분의 시대는 자기만의 콘텐츠를 가진 사람만이 성공할 수 있습니다.

무엇이든 할 수 있다는 자신을 갖고 파이팅하세요.

제3장 — 세상은 넓고 기자는 많다 — 본분에 충실하기

다시,
국회 기자실로

일부러 출근 시간을 피했습니다. 사람들이 몰리는 시간대 KTX는 더 위험할 수 있겠다는 생각 때문입니다. 천안아산역에서 용산역까지는 약 40분이 걸립니다. 여기서 국회를 가려면 수도권 1호선 전철을 타고 노량진역에서 내려 9호선으로 갈아타야 합니다. 러시아워가 막 끝났지만, 전철 안에는 승객들이 꽤 있었습니다. 20여 분 지나 국회의사당역에 도착했습니다.

정문 앞에는 마스크 착용 안내 표지판이 붙어 있고, 주변에는 경찰이 경비를 서고 있었습니다. 출입기자증을 목에 걸고 안으로 들어갔습니다. 외부인 출입을 강화해서인지 경내 인파는 뜸했습니다. 평소 북적였던 의원회관 앞에도 사람들 모습은 거의 보이지 않았습니다. 국회의원 보좌진도 순차적 재택근무를 하는 까닭에 회관 앞은 휴일처럼 한산했습니다.

국회는 3일간 닫혔습니다. 출입 기자 중 한 명이 코로나19 확진 판명을 받았기 때문입니다. 해당 기자는 더불어민주당 회의를 취재한 것으로 확인되면서 당 지도부 모두 검사를 받고 자가 격리에 들어갔고요. 상임위원회 회의도 모두 중단됐습니다. '정치'가 멈췄습니다.

저는 그때 마침 휴가였습니다. 코로나19 재확산에 어딜 나갈 엄두도 내지 못하고 '집콕'했습니다. 회사에서는 재택근무를 권하고 있지만, 그날은 가야 했습니다. 수도권 사회적 거리두기가 2.5단계로 격상한 첫 주의 시작이고, 다시 문을 연 국회 기자실 분위기도 살펴봐야 했으니까요.

국회 기자실은 '소통관'이라고 불리는 건물 안에 있는데요. 지난 2020년 3월 본관에서 신축 건물로 이전했습니다. 1층은 안내데스크와 휴게공간, 식당 등 편의시설이 있고, 2층에는 기자회견장과 기자실이 있습니다. '코로나 셧다운(폐쇄)' 이후 1층 안내데스크 앞에서 외부인은 출입자 명단을 적어야 했습니다. 발열 체크는 기본이고요. 휴게공간 내에 있던 소파와 의자, 책상은 모두 사라졌습니다. 카페도 포장만 가능했습니다.

2층 기자실로 올라갔습니다. 기자들은 많지 않았습니다. 언론사 대부분 기자의 안전을 고려해 재택근무를 권고했기 때문입니다. 나와 있는 기자들은 모두 마스크를 쓰고 있었는데요. 기자실에 들어오자마자 마스크를 벗었던 일주일 전과 완전히 달라진 모습입니다. '종군기자'가 따로 없습니다.

출입 기자의 코로나19 확진이 국회 폐쇄 원인을 제공했다는 자격지심 탓인지, 내색은 하지 않았지만, 심리적으로 위축된 분위기가 느껴졌습니다. 2층 기자실 중앙 로비에 있는 간이 기사 작성 공간에도 대부분 '사용 금지'를 알리는 안내문이 붙었습니다.

점심시간, 건물 1층 구내식당으로 갔습니다. 카드 결제로 메뉴를 선택한 뒤 입구에 설치된 소독시설을 지나야 입장이 가능했습니다. 테이블 위에는 투명 칸막이가 거리두기를 독려했습니다. 식사를 마치고 소통관 밖으로 나왔습니다. 불볕이 쏟아졌습니다. 멀리는 못 가고, 건물 주변을 잠시 걷다 들어왔습니다.

2020년 9월 임시국회 전, 국회 사무처는 코로나 예방을 위해 본회의장과 상임위원회 회의장에 칸막이를 설치했습니다. 코로나19는 한 번도 경험하지 못한 위기를 몰고 왔습니다. 국회도 공식 업무를 재개했지만, 불안은 여전합니다. 정은경 중앙방역대책본부장이 브리핑에서 한 말이 뇌리를 맴돌았습니다.

"코로나19 시대에 연대하는 방법은 모두가 흩어지는 것이며 사람 간 거리를 두는 것입니다."

국회의장에게 물었다. "공수처는 누가 막나요?"

2021년 1월 6일 박병석 국회의장 신년 기자간담회에 참석했습니다. 코로나19 때문에 비대면(온라인)으로 진행했는데요. 국회 출입 기자 15명이 화상을 통해 박병석 의장에게 질문했습니다. 저는 8번째 질문자로 나섰는데요. 제가 한 질문은 바로 요즘 정치권의 뜨거운 감자인 '공수처'입니다.

공수처는 '고위공직자범죄수사처'를 줄인 말입니다. 공수처 수사 대상은 대통령과 국회의원, 판·검사, 경무관 이상 경찰 등 전체 규모가 7,000여 명에 이릅니다. 여기에 수사 대상인 고위공직자 가족까지 포함하면 규모는 더 커지겠지요. 고위공직자나 가족이 아닌, 일반 국민은 해당하지 않으니 걱정일랑 하지 마시고요.

그런데 말입니다. 국회의장과 국회의원의 경우 수사 대상이긴 하지만, 기소 대상은 아닙니다. 다시 말해, 국회의원이 비리를 저질렀을 때 공수처가 수사는 할 수 있지만, 재판에 넘기는 건 검찰이 합니다. 국회는 몇 년 전 '김영란법'을 만들 때도 본인들은 쏙 뺐습니다.

무엇보다 공수처를 견제할 제도적 장치가 없습니다. 무소불위의 권력을 휘두를 수 있다는 얘깁니다. 야권과 보수정당이 공수처를 '괴물 권력'이라고 반발했던 이유입니다. 공수처장 임기도 3년으로, 2년 임기의 검찰총장보다 많습니다. 그래서 정치권에서는 공수처를 견제할 만한 제도적 장치를 만들어야 한다는 목소리가 큰데요. 예를 들면 공수처장에 대한 '탄핵 제도'를 도입하자는 겁니다. 그래야 막강한 권한을 견제할 수 있다는 주장입니다.

박병석 의장 역시 제 질문에 공수처가 "법의 정신과 국민의 뜻에 따라 공정하게, 특히 정치 중립적으로 운영해야 한다"라고 강조했는데요. 이른바 '검찰개혁'의 상징이라고 하는 공수처가 '괴물 권력'이나 '옥상옥'으로 전락하는 일이 없도록 국회 차원의 대책 마련이 필요해 보입니다. 그렇지 않으면 어렵게 만든 공수처가 다음 정권에서 사라질 수도 있기 때문입니다.

검찰도 공수처의 존재 이유를 의미 있게 받아들여 공직

자로서 본분을 지켰으면 하는 바람입니다. 그래야 땅에 떨어진 명예를 회복하고, 국민의 신뢰를 얻을 수 있을 테니까요.

이런 기자회견은 질문권을 얻으려는 기자들의 경쟁이 아주 치열한데요. 질문 기회를 얻을 수 있어 다행스럽고 고맙게 생각합니다. 민감한 질문에도 성실하게 답변에 임한 박병석 의장께 이 자리를 빌려 감사드립니다.

언론중재법이 뭔데 이렇게 시끄럽죠?

2021년 8월, 정치권에서 '언론중재법 개정안'이 뜨거운 감자였습니다. 언론단체와 당시 야당은 '언론탄압'이라며 법안 통과에 반대했는데요. 여당이던 더불어민주당은 '언론개혁'을 명분으로 강하게 밀어붙였습니다. 언론이 '법의 심판'을 받는 지경까지 이르렀습니다.

과연 이 법은 언론을 탄압하는 법일까요, 개혁하는 법일까요? 대체 이 법이 무엇이기에 이렇게 시끄러운지 살펴보겠습니다. 주요 내용은 두 가지입니다.

하나는 언론사의 허위·조작 보도에 고의·중과실이 인정되는 경우 최대 5배의 징벌적 손해배상을 청구할 수 있습니다.

한마디로 '가짜 뉴스'를 만들어 보도한 언론사는 문을 닫게 만든다는 겁니다. 다른 하나는 정정보도와 함께 기사 열람 차단도 청구할 수 있도록 했습니다. 이 법의 목적은 단순합니다. 악의적 목적으로 가짜 뉴스를 생산해내는 언론사를 사전 차단하고, 잘못된 보도로 피해를 본 당사자에게 현실적인 배상과 구제를 하겠다는 겁니다.

반대 측에서는 '고의·중과실' 보도의 기준과 범위가 모호하다고 합니다. 전적으로 판사의 자의적 판결에 따를 수밖에 없고, 상한선인 5배도 과하다는 겁니다. 결과적으로 언론의 자유와 취재가 위축될 수밖에 없다는 건데요. 솔직히 저도 누구 말이 옳은지 판단하기 어렵습니다. 다만 법의 통과 여부를 떠나 개인적으로는 "언론개혁은 필요하다"라는 입장입니다. 우리나라 언론 자유 지수는 최상위권이지만, 신뢰도는 최하위권이기 때문입니다.

'국경없는기자회'와 '로이터 저널리즘연구소'에 따르면 2021년 우리나라의 언론 자유도는 180개 조사국 중 42위로 3년 연속 아시아 1위를 차지했습니다. 세계 주요 40개국 언론 신뢰도에서는 최하위를 기록해 5년째 꼴찌를 했습니다. 언론의 자유는 한껏 누리면서 그에 걸맞은 신뢰는 얻지 못하고 있다는 얘기입니다. 국민들이 기자들을 '기레기'라고 조소하는 이유도 바로 이 때문입니다. 언론이 사회의 공기公器로서 역할은 하지 않고,

자유만 고집한다면 어떤 국민이 오냐 오냐, 할까요.

언론은 자유와 동시에 책임이 필요합니다. 책임지지 않는 언론은 맞아도 쌉니다. 언론중재법이 정치권의 논쟁으로 다뤄지고 있는 현실에 현직 기자로서 참담할 따름입니다. 어떤 법이라도 100% 완벽한 법은 없습니다. 그래서 '법률 개정안'이 수 없이 쏟아져 나오는 것 아니겠습니까.

양심적으로 취재하고, 기사를 쓰면 되지 않을까요? 탐사나 잠입 등 정상적 취재가 불가능했어도, 공익에 부합한다면 크게 걱정할 필요는 없지 않을까요? 우리의 사회적 통념과 국민들 수준이 그 정도는 가려낼 수 있다고 봅니다.

35년째 기자를 하면서 해외연수는커녕 가족과 해외여행 한 번 다녀온 적 없다. 서울에 아파트 한 채 없고, 자녀 사교육에 돈 들인 일도 없다. 그는 "정말 몰라서 그런 거라 자랑할 일도 아니고, 누구에게 강요할 생각도 없다"면서 "그래도 나는 잘 산다고 생각한다"고 했다. 다만 이렇게 덧붙였다. "기자들이 너무 잘 살아서요. 좋은 대학 나오고, 수입도 괜찮고요. 평균 이상의 삶만 기사화하는 경향이 있어요. 사회 평균적인 삶을 반영하는데 구조적으로 취약하다는 생각을 하곤 합니다.

— 2021년 8월 24일, 〈기자협회보〉 이충재(한국일보 주필), 인터뷰 중에서

다만, 실효성 있는 법 제도가 만들어지길 바랍니다. 이를테면 '당근과 채찍'인데요. 징벌적 손해배상으로 책임을 지우는 동시에 건강한 언론을 육성하고 지원하는 '미디어 바우처법'도 속히 마련해야 한다고 생각합니다.

언론이 스스로 변화하지 못한다면 법의 개입은 불가피합니다. 대신 실천적이고 실용적이고 실효성 있는 제도가 필요합니다. 그렇지 않으면, 우리 언론은 100년이 지나도 '개혁의 대상'으로 남아 있을지 모릅니다.

언론이 문젭니다!

선거가 다가오면 정치부 기자들은 누가 어디에 출마할지 전망 기사를 씁니다. 묻지도 따지지도 않고 이 사람, 저 사람 다 끌어다 붙입니다. 출마 의사가 있는 사람이야 언론에서 거론해주니 기분 나쁘진 않을 겁니다. 하지만 출마에 전혀 관심 없는 사람이라면 난처한 상황에 맞닥뜨릴 수 있습니다. 기사를 보고 여기저기서 연락이 올 테니까요. 언론은 그들의 의사나 입장은 아랑곳없습니다. '아니면 말고'식이니까요.

박영선 중소벤처기업부 장관은 4선 국회의원 출신입니다. 정치 입문 전 MBC 기자였습니다. 누구보다 언론을 잘 아는 정치인이라고 할 수 있는데요. 박 장관은 한 라디오 추석 특집 방송에 출연해 2021년 4월 서울시장 보궐선거 출마설에 이렇게 답했습니다. "언론이 문젭니다." 그러고는 "내 할 일을 충실히 하는 것이 가장 중요하다고 생각한다"라고 했습니다. 박 장관이 '정치인'이라는 점에서 서울시장 선거에 출마할지 말지는 그때 가보면 알 겁니다. 문제는 박 장관 말마따나 '언론'입니다.

보궐선거는 6개월 넘게 남았는데 언론은 벌써부터 후보군 줄 세우기 바쁩니다. 경제 부처 장관이 코로나19로 어려운 소상공인과 중소기업을 얼마나 챙기는지 취재할 게 많을 텐데, 서울시장 출마나 거론하고 있습니다. 출마 생각이 없는 사람을 맘대로 올려놓고 '찧고 까부는' 게 우리나라 언론의 현실입니다.

추석 전야, 가수 나훈아 씨가 KBS 방송 무대에 '노개런티'로 출연해 노래를 불렀습니다. 트로트의 황제는 명절을 맞아 국민들에게 '고향·사랑·인생'을 주제로 진한 감동을 선물했습니다. 무엇보다 그가 한 말은 코로나19에 지친 국민들에게 힘과 용기를 불러일으켰습니다.

우리는 많이 힘듭니다. 우리는 많이 지쳐 있습니다. 옛날 역사책을 보든, 제가 살아오는 동안에 왕이나 대통령이 국민 때문에 목숨을 걸었다는 사람은 한 사람도 본 적이 없습니다. 이 나라를 누가 지켰냐 하면 바로 여러분들이 이 나라를 지켰습니다. 여러분 생각해보십시오. 유관순 누나, 진주의 논개, 윤봉길 의사, 안중근 열사 이런 분들 모두가 다 보통 우리 국민이었습니다. IMF 때도 세계가 깜짝 놀라지 않았습니까. 집에 있는 금붙이 다 꺼내 팔고, 나라를 위해서. 국민이 힘이 있으면 위정자들이 생길 수가 없습니다.

— KBS 〈2020 한가위 대기획 대한민국 어게인 나훈아〉 방송 중에서

방송의 여운이 채 가시기 전, 일부 언론과 정치인은 아전인수식 해석을 쏟아냈습니다. 그가 한 말이 정부를 비판했다는 둥, 작심 발언이었다는 둥. 그저 공연의 한 부분으로 받아들이면 안 될까요? 왜 확대 해석을 해 국민가수가 국민들에게 선사한 벅찬 감동을 반감하는지 모르겠습니다.

'~라고 알려졌다' 또는 '~라고 전해졌다' 기자들이 기사문에 흔히 쓰는 표현입니다. 사실 확인을 하지 않았거나, 확인이 어려운 상황일 때 습관적으로 쓰는데요. 이런 식의 '면피용' 보도 행태는 지양해야 한다고 생각합니다. 무책임하게 보이니까요. 기자는 자기 기사에 책임을 져야 합니다. 그것이 기자 본연의 역할이니까요. 책임지지 않는 언론이 문젭니다.

뒷이야기: 2021년 4월 7일 치러진 서울시장 보궐선거에

서 더불어민주당은 박영선 후보를 공천했습니다. 결과적으로 언론이 '찍은' 인물이 출마한 셈인데요. 하지만 맞히면 좋고, 아니면 말고 식의 보도는 지양해야 합니다. 특히 국민의 대표를 뽑는 선거 기사는 더더욱 그러해야 합니다.

선거판 얼씬거리는 '두 얼굴'의 기자들

지역 일꾼을 뽑는 '지방선거' 때가 다가오면 여야의 공천 작업이 어느 정도 마무리됩니다. 당내 경쟁(경선)을 거쳐 공천 받으면 정식 '후보'가 됩니다. 각 당의 '대표 선수'가 되면 선거사무소(캠프)를 차리고 함께 선거를 치를 참모진을 꾸립니다.

국회의원 선거나 대통령 선거 때도 절차와 순서는 비슷합니다. 이때 각 캠프에서 가장 중요한 역할을 담당하는 곳이 공보실입니다. 캠프를 홍보하고 대변할 역할을 해야 하는 만큼 기자 출신 언론인이 주로 참여하는데요. 색안경을 쓰고 보거나 무조건 비난할 일은 아닙니다.

언론계에서 활동했던 경험과 전문성을 바탕으로 더 좋

은 사회와 나라를 만들겠다는 소신과 철학은 높이 평가해야 합니다. 또 그런 꿈을 가진 후보의 참모 역할도 얼마든지 할 수 있으니까요. 자신이 도왔던 후보가 당선돼 보좌할 기회가 생긴다면 목표를 달성한 셈이죠. 그러다 직접 제도권에 입성한 기자들도 비일비재합니다. 국회만 봐도 언론인 출신 의원들이 꽤 많습니다.

그럼 어떤 기자들이 문제일까요? 신분 상승의 도구로 언론을 이용하려는 자들입니다. 선거철만 되면 정치판을 기웃거리거나 얼씬대는 기자들이 꼭 있습니다. 아주 노골적이고, 상습적인데요. 특정 후보 캠프에 들어갔다 낙선하면 버젓이 '기자'로 복귀합니다. 정말 아무렇지 않게요. 그러다 또 다음 선거 때가 되면 같은 일을 되풀이합니다.

아무런 죄책감도 없이 돌아오는 '그들'을 보면서 동료나 후배 기자들은 어떤 생각을 할까요? 겉으로 내색만 하지 않을 뿐이지, 속으로는 '사이비' '기레기' '사쿠라' 같은 욕이란 욕은 다 할지 모릅니다.

기자는 한번 정치권이나 선거판에 발을 들여놓는 순간 그걸로 끝이었습니다. 과거에는 그랬답니다. 직접 출마하든, 어느 후보의 참모로 가든 '돌아올 수 없는 강'을 건너는 심정으로 회사에 사표를 냈다고 합니다. 지금은 어떻습니까. 옆집 마실 갔다 오는 양, 산책하러 갔다 오는 양, 너무나 쉽고 편하게 돌아와 다시 기자 행세를 합니다. 그들이 쓰는 '기사'는 과연 공정할까요? 물론, 기자로서 '일탈'과 '외도' 이미지를 벗으려고 노력하는 이들도 있을 겁니다. 하지만, 대부분은 그렇게 생각하지 않습니다. 이미 '주홍글씨'가 새겨져 있기 때문입니다. 조금이라도 편향적인 기사를 쓰게 되면 단번에 그 주홍글씨는 더 진하게 드러날 뿐입니다.

캠프에서 후보자를 도와 당선시켜 '좋은 자리'로 가는 건 그나마 낫습니다. 어느 날 갑자기 정부의 요직으로 가는 기자들도 있습니다. 청와대(대통령실)이든 정부 부처든. 정권이 자기네 입맛에 맞는 기자를 데려다 그 기자가 있던 언론을 하수인으로 다루려는 속셈입니다. 더러는 입맛에 맞지 않는 '까칠한' 언론사 출신 기자도 기용합니다. 그걸 연결고리로 길들이려는 수작이죠.

그런 자리를 '좋다'고 가는 기자들을 저는 심심치 않게 봤습니다. 기껏해야 1~2년입니다. 그러고 나오면 어딜 가겠습니까. 도로 친정인 '언론사'로 올 겁니까? 권력의 단물이란 단물은 있는 대로 '쪽쪽' 빨아먹고.

〈현직 언론인 청와대 직행 유감〉

언론인이 어느 날 갑자기 대통령의 비서관이 되고, 정부 부처의 대변인이 되며, 특정 정당의 전사가 되거나 대기업의 홍보 담당자로 변신하는 모습을 우리 국민들이 볼 때, 국민들은 현재 언론인들이 수행하고 있는 사실 보도라고 하는 것이 정말 사실에 근거한 것인지, 그들이 과연 정말로 강자를 향해 큰 소리로 짖어 대고 필요하면 언제든지 거칠게 물어뜯는 국민을 위한 감시견watchdog 역할을 제대로 하고 있는지 의심이 들 수밖에 없다.

— 2019년 1월 19일, 〈미디어오늘〉 기사 중에서

막상 그런 사람들은 요직에 진출해도 후배 기자들을 챙기지도 않습니다. 무슨 덕을 보려는 것도 아닌데 말이죠. "이제 너랑 나는 '급'이 달라"하는 것처럼 어깨와 목에 깁스만 잔뜩 하고 다닙니다. '하늘 같은 선배'는 이미 땅바닥에 곤두박질친 지 오래인 줄 모르고. 때로는 그들이 측은할 때도 있습니다. 한때는 '정론 직필'로 '정의 사회 구현'을 해보겠다고 현장을 누비던 '열혈 기자'였을 테니까요.

어느 순간 권력의 맛에 취해 '곡학아세'하는 정치 기자들을 보면 긴 한숨이 나옵니다. 이번 지방선거 때도 분명히 나타날 겁니다. 네? 혹시 저를 의심하는 건가요? 에이. 설마요. 저는 오늘도 열심히 선거를 취재하는 동료와 후배들을 열렬히 응원하는 '현직 기자'입니다. 진짜에요. 쉿! 그리고 이건 비밀인데요, 사실 저한테 "오라"고 하는 곳도 없어요.

선거의 계절 '기자다움'을 잃지 말 것

나답게 쓴다는 건, 어떤 의미일까요? '쓴다' 전에 '나다움'이란 어떤 걸까요? 저는 '솔직함'이라고 생각합니다. 내가 갖고 있고, 알고 있는 그대로가 '나다움' 아닐까요? 그래서 '나답게 쓴다'는 건, 더하거나 꾸밈없이 쓴다는 말일 겁니다. 기자에게는 '사실 보도'가 나답게 쓰기의 기본 전제일 것입니다. 거짓은 1%도 섞지 않은, 순도 100%의 진실만 전달한다는 얘기겠죠.

그런데 말입니다. 의도적으로 여론을 조작하고, 조장하려는 목적으로 언론을 이용하려는 사람들이 있습니다. 이런 현상은 정치 분야에서 두드러지는데요. 특히 선거기간 유독 그런 고약한 행태가 상습적으로 일어나고 있습니다. 기자라는 '완장'

을 차고 다니면서, 기사라는 '미끼'를 이용해 상대적으로 약한 이를 협박합니다. 권력을 탐하려는 자들과 협잡하며 돈을 뜯어내거나 부당한 이익을 취하려고도 합니다. 언론의 사명도, 기자의 윤리의식도 저버리는 기자들이 부지기수입니다. 특정 후보와 정당을 향하는 편향성 또는 감정적 기사가 활개를 치는 때가 바로 선거철입니다.

> **〈언론인·개발업체 낀 선거 브로커 '활개'…감시·경계 필요〉**
>
> 언론인과 개발업체를 낀 브로커들은 공천과 경선을 봐주거나 정치적 인맥을 동원해 주겠다고 접근하여 당선 이후 개발사업을 노리는 브로커들로, 지방선거가 임박해 오면서 전방위적으로 활동하고 있는 것으로 제보됐다. 이 같은 현상은 상대적으로 조직이 약하거나 정치 신인들에게 집중되고 있어 혼탁·과열 분위기를 조장하고 있다는 지적이다. 여기에 기초자치단체장이나 기초 및 광역의원 후보 진영에 특정 단체·모임·동문 등을 내세워 '표를 몰아줄 수 있다'며 은근히 뒷거래를 요구하는 선거 브로커들도 고개를 내밀고 있다. — 2022년 3월 27일, 〈전북의 소리〉 기사 중에서

언론이 제 역할을 하지 못하면 그 사회는 병들기 마련입

니다. 반대로 언론이 제구실하는 사회는 진일보할 겁니다. 따라서 어떤 유혹에도 흔들림 없이 '기자다움'을 잃지 말아야 하는 때입니다.

송충이는 솔잎을 먹어야 합니다. 다른 것에 눈독을 들이고, 함부로 먹었다가는 반드시 탈이 나기 때문입니다. 기자들에게는 '기사'가 솔잎입니다. 속일 생각도, 속을 생각도 하지 맙시다. 그런 맘을 먹는 순간, 땅바닥으로 곤두박질칠 게 뻔하니까요. 어쩌면 다시는 나무에 기어오르지 못할 수도 있습니다. 먹던 솔잎 먹으면서 아름다운 '나방'이 되는 날을 꿈꾸는 게 훨씬 낫지 않을까요?

> 언론은 우리에게 세상을 들여다보는 창입니다. 언론이 공공성보다 돈벌이를 위한 수단으로 쓰인다면 어떤 결과가 일어날까요? 창이 깨끗하지 않아 심하게 뒤틀려 왜곡된 세상의 모습을 보여 주는 결과로 이어지겠지요.
>
> — 구본권 『뉴스 믿어도 될까?』 중에서

바람에 흔들리는 건, 뿌리가 얕은 갈대일 뿐입니다. 대지에 깊이 박힌 바위처럼, 어떤 유혹의 손길에도 흔들림 없는 바위처럼 살며 쓰자고요.

무늬만 기자는 권력을 감시하지 못한다

기자는 '전사戰士'가 되어야 합니다. 전쟁터에 나가서 싸우라는 소리가 아닙니다. 전쟁터에 나간다는 결기로 취재현장에 나가야 한다는 말입니다. 어영부영 왔다 갔다 하면 '촌 기자' 소리만 듣습니다.

언론의 역할은 권력을 견제하고 감시하는 데 있습니다. 정신무장을 제대로 하지 않으면 치열한 취재의 현장에서 전사戰死하기 쉽습니다. 진짜 죽는다는 소리가 아니라, 그만큼 존재감도 없고 기사도 약할 수밖에 없다는 얘기입니다. '기레기', '기더기' 소리를 들어도 할 말이 없어집니다. 전투력 넘치는 기자는 쉽게 물러서지 않습니다. 어디서든 자신만만합니다. 권력과 타협하거나 굴복하지도 않습니다. 그런 기자가 '찐 기자'라고 생각합니다.

'찐 기자'는 하루아침에 만들어지는 건 아닙니다. '아침에 일어났더니 대기자가 되어 있었다'는 얘기도 못 들어봤습니다. 부단한 자기 계발이 필요합니다. 기자에게 있어 자기 계발이란 곧 '공부'입니다. 기자가 하는 공부는 별것 없습니다. 독서와 신문 읽기만 제대로 하면 상당한 내공을 기를 수 있습니다.

남이 쓴 걸 왜 읽느냐고 말하는 분도 있을 겁니다. 남이 쓴 글을 많이 읽어야 비로소 '내 것'을 만들어낼 수 있기 때문입니다. '창조'는 새로운 걸 만들어낸다는 의미인데요. 세상에 없던 걸 만드는 게 아닙니다. 이미 존재하고 있는 것에 나만의 고유한 영감과 의식과 의지를 주입해 만드는 겁니다.

기자가 전사가 되려면 능동적이어야 합니다. 스스로 취재 방향을 세우고, 전략을 세워 끊임없이 묻고 따져야 합니다. 더러는 항의도 받고, 비난도 들을 수 있습니다. 괘념치 마세요. 전사가 되기 위해 거쳐야 하는 과정이라고 보면 됩니다. 좌충우돌하며 부딪치고 깨지면서 예의와 겸손도 배울 겁니다. 그렇게 다져진 내공을 바탕으로 강인한 전사가 만들어진다고 생각합니다. 기자는 두려움이 없어야 합니다. 자신감이 넘치고 용감해야 합니다. 그래야 사회적 약자 편에 설 수 있고, 권력에 꺾이지 않을 테니까요.

아닌 건 아니라고 할 수 있는 용기

어떤 일을 하면서 100% 완벽이란 없습니다. 좋은 뜻으로 시작했어도 추진 과정에서 일이 잘못되거나 엉뚱한 방향으로 흘러갈 수 있기 때문입니다. 특히 국민(시민) 세금이 들어가는 정책이나 사업은 신중히 결정해야 합니다. 바로 언론이 해야 할 역할입니다.

언론은 권력을 감시하고 견제하는 역할도 하지만, 국민 혈세가 드는 일에 부정이 개입하지 않는지 살피는 것도 게을리 해선 안 됩니다. 중앙 정부나 지방정부가 막대한 예산을 세워 추진하려는 일에는 눈에 불을 켜고 들여다봐야 합니다.

공무원들은 혈세가 들어가는 일이 '국민을 위해'하는 것이라고 강조합니다. 물론 취지는 그렇습니다. 다만, 앞서 언급했듯이 아무리 국민을 위하는 일이라고 해도 금쪽같은 내 돈이 공무원 호주머니로 들어가거나, 업자들 잇속 채우는데 쓰는 걸 순순히 허락할 국민이 있을까요?

한쪽만 봐선 안 됩니다. 옆에서도 보고, 앞뒤, 위아래 모두 살펴봐야 '전체'를 볼 수 있습니다. 그것이 곧 '취재'입니다. 취재를 해 본 결과 국민을 위해 정말 필요하다고 확인되면 적극적으로 홍보하고, 부작용이나 불법이 발생할 소지가 있다면 마땅히 지적하고 비판해야 합니다. 그래야 계획을 수정하거나 보완하고, 예산 낭비를 최소화하거나 막을 수 있기 때문입니다. '예스Yes'만 할 게 아니라 '노No'를 외칠 용기가 필요하다는 얘기입니다.

이는 비단 국가 정책에 국한하지 않습니다. 국민으로부터 권력을 위임받은 위정자(정치인)에 대한 감시도 철저해야 합니다. 국민을 위해 일하라고 뽑아줬더니 하라는 일은 않고 엉뚱한 짓을 저지르는 경우가 비일비재하기 때문입니다. 기자와 언론이 그들과 유착해 단물을 얻어먹으면서, 닥홍(닥치고 홍보)에 열을 올립니다. 그러다 무슨 일이 터지면 아무 책임이 없다는 듯 어물쩍 넘어가는 때가 많습니다. 국민이 언론을 신뢰하지 않는 이유는 여기에 있습니다.

기자는 잘못한 일을 알고도 눈 감아선 안 됩니다. 논리와 근거 없이 감정에 치우친 기사를 써서도 안 됩니다. '팩트체크'는 기본입니다. 여러 경우의 수를 따져보고, 현명한 대안을 제시해야 합니다. '다른 기자들은 다 좋게 쓰는데, 왜 너만 그러느냐'라는 공격과 오해를 받을 수도 있습니다. 설령 1%라도 다수의 피해가 우려된다면 비판과 지적을 주저해선 안 됩니다.

겁쟁이 기자가 많은 나라는 발전할 수 없습니다. 그 피해는 고스란히 내 가족과 친구, 동료와 이웃에게 돌아옵니다. 모난 돌처럼 정을 맞더라도, 공익을 위한 일이고 길이라면 '고발'을 멈춰선 안 됩니다. 기자가 자기 정체성을 갖고 가치와 철학을 지킨다면, 반드시 독자와 국민의 응원과 지지를 받을 것입니다.

나라와 국민을 지키는 건 군대만이 아닙니다. 칼보다 강한 게 '펜'이라고 했습니다.

'폴리널리스트' 리스트를 보다 밀려든 부끄러움

페이스북 기능 중 하나는 과거에 게시한 글과 사진을 확인할 수 있다는 겁니다. 1년 전, 2년 전, 3년 전 오늘의 기분과 감정은 이랬구나, 돌이켜 볼 수 있다는 건데요. 1년 전의 포스팅을 보면서 '기자로 산다는 것'에 대한 명제를 고민해 봤습니다.

당시 국회 기자실 부스를 옮기면서 든 단상을 올렸더군요. 국회 본관에 있던 기자실이 새롭게 지어진 소통관으로 이전하면서 짐을 정리하던 날이었는데요. 무언가를 정리한다는 건, 복합적인 의미가 있다는 걸 몇 안 되는 사물을 정리하며 깨달았습니다. 정리는 끝인 동시에 다시 시작이라는 것을요.

기자를 하다 보면 매너리즘에 빠질 때도, 염증을 느낄 때도 있습니다. 비단 기자뿐만 아니라 모든 직장인도 마찬가지라고 생각합니다. 그렇다 보면 이직할까, 아니면 아예 이 바닥을 떠나 다른 일을 구해볼까, 하는 생각에 미칠 때도 있습니다. 여러분은 그럴 때 어떻게 하세요? 내가 어디를 가겠어, 하고 체념하나요? 아니면 과감히 결단을 내리는 편인가요?

기자로 활동하다 정치권으로 이동하는 사례가 있는데요. 주로 선거철을 전후해 빈번하게 이루어집니다. 현실 정치에 뜻이 있다면 몰라도 '자리'를 위해 떠나는 건 바람직하지 않다고 생각합니다. 더 바람직하지 않은 건, 정치권에 몸담거나 '어공(어쩌다 공무원)'으로 있다가 다시 현업으로 복귀하는 경우입니다. 그런 사람들을 누가 '기자'로 보겠습니까. 덩달아 현업에서 일하는 기자들마저 신뢰가 하락하는 이유가 되기도 합니다.

대전충남민주언론시민연합은 2022년 7월 26일 지역 언론과 기자들의 뼈를 때리는 발표를 했습니다. '폴리널리스트 천국, 영전 아닌 부끄러움 알아야'라는 제목의 보고서입니다. 폴리널리스트란 '정치politics'와 '언론인journalist'의 합성어인데요. 객관적이고 중립적인 자세를 버리고 정관계에 진출한 언론인을 일컫습니다.

민언련이 이날 19명의 폴리널리스트 실명을 공개했습니다. 저와 같이 근무했던 기자도 있고, 취재 현장과 출입처에서 오가며 마주쳤던 기자도 있고, 방송 뉴스로 접했던 기자도 있었습니다. 시민단체도 기자의 취재 영역이고, 감시의 대상일진대, 거꾸로 기자가 그들에게 지적과 훈계를 받는 처지로 전락했으니 참 부끄러운 일입니다.

> **〈민언련이 발표한 대전충남 '폴리널리스트' 19명은 누구〉**
>
> 민언련이 이들 정치권으로 이동한 언론인들, 즉 폴리널리스트에 대해 비판적인 시각을 가진 이유는 여러 가지가 있는데 권언유착을 통한 비판과 감시 기능 약화 및 언론 보도에 대한 신뢰도 추락이 핵심이다. (중략) 민언련은 이에 대한 대안으로 언론사 스스로 최소한의 합의가 필요하다고 조언했다. 민언련은 'KBS나 조선일보는 자체 윤리강령에 퇴직 후 최소 6개월이라는 시간을 두고 이직할 것을 제시하고 있다'며 '이런 점은 언론인으로서의 양심을 지킬 수 있는 최소한의 장치가 될 수 있으며, 기득권을 부당하게 사용하지 않겠다는 의지 표명도 될 수 있다'고 해석했다.
>
> — 2022년 7월 26일, 〈디트뉴스24〉 기사 중에서

'생계형 직장인'과 '저널리스트'라는 갈림길에서 어쩔 수 없는 선택이라는 측면도 있을 겁니다. 하지만 지역사회와 언론단체에서 제기하는 비판은 기자들 스스로 자성의 기회로 삼아

야 할 것으로 보입니다.

기자는 한번 정치권이나 선거판에 발을 들여놓는 순간 그걸로 끝이었습니다. 과거에는 그랬답니다. 직접 출마하든, 어느 후보의 참모로 가든 '루비콘 강'을 건너는 심정으로 회사에 사표를 냈다고 합니다. 지금은 어떻습니까. 옆집 마실 갔다 오는 양, 산책하러 갔다 오는 양, 너무나 쉽고 편하게 돌아와 다시 기자로 행세합니다. 그들이 쓰는 '기사'는 과연 객관적이고 공정할까요?

혹자는 제게 이렇게 질문할 수 있습니다. "자네도 나중에 어떻게 될지 모르는데 뒷감당을 어쩌려고 비판하느냐." 그러면 저는 이렇게 대답할 겁니다. "절대 그런 일은 없습니다. 저는 지금의 자리에서 최선을 다할 겁니다." 그러면 또다시 물을지 모릅니다. "그걸 어떻게 장담하느냐." 그래서 이렇게 공개적으로 밝히는 거 아니겠습니까. 빼도 박도 못하게.

대통령 기자회견에서 한복을 입은 이유

취재현장을 다니다 보면 다양한 사람들을 만납니다. 그들과 이야기를 나누다 이따금 이런 질문을 받는데요. "한복은 왜 입은 겁니까?" "어떻게 그런 생각을 했나요?" 평소 알고 지내던 사이든, 아니든 '한복 입은 기자'의 모습은 꽤 신기했나 봅니다.

저는 국회와 청와대(지금은 대통령실)를 출입하고 있는 기자입니다. 한때 청와대에서 열린 신년 기자회견에서 한복을 입어 나름 '화제'를 불러일으켰지요.

신년 기자회견은 연초 대통령과 기자들이 국정 현안을 놓고 질문과 답변을 하는 자리입니다. 기자회견에 주어진 시간은 한 시간 반 정도. 출입 기자는 내외신을 합해 300여 명 남짓.

대략 15명 안팎의 기자가 질문 기회를 얻습니다. 그러니 경쟁이 아주 치열할 수밖에요. 이만하면 제가 왜 한복을 입었는지 짐작되나요?

신년 기자회견은 청와대 출입 기자들에게 1년 중 가장 큰 행사라고 해도 과언이 아닙니다. 특히 TV로 생중계된다는 매력까지 더해지니, 대통령에게 지목받으려는 기자들의 도전은 필사적입니다. 어떤 기자는 대통령의 앞선 답변이 끝나기 무섭게 손을 들기도 하고, 미리부터 손을 들고 있는 기자도 있습니다.

대통령 역시 많은 취재진이 질문을 하겠다고 한꺼번에 손을 드니 누구를 지목할지 애를 먹는데요. 야구모자, 수첩, 물병 같은 소품을 들거나 저처럼 '튀는' 의상을 입은 기자가 나타난 이유입니다.

제가 대통령에게 질문하기 위한 '전략적 자산'으로 한복을 선택한 데는 아버지 조언이 있었습니다. 2018년 문재인 대통령 취임 이후 첫 신년 기자회견 때 일입니다. 당시 저는 운 좋게 질문 기회를 얻었는데요. 저는 그때 '충청권 1등 신문 디트뉴스, 대통령께 질문 있습니다'라고 적힌 손팻말을 들었습니다. 맨 뒷줄에 앉아 있었지만, 금세 알아본 대통령 덕분에 지목받았습니다. 저는 대통령에게 수도권 집중화로 인해 지방의 소멸이 가속화 하는 현실과 이를 극복하기 위한 해법을 물었습니다.

질문을 마치고 자리에 앉자마자 핸드폰 진동이 한참 동

안 이어졌습니다. TV를 보던 가족을 비롯해 친구와 동료, 연락이 뜸했던 지인들까지 연락해 온 건데요. 회견이 모두 끝난 뒤 조심스럽게 메시지를 확인했습니다. 문자 메시지는 수백 통이었고, 부재중 전화도 많이 와 있었습니다. 기자 생활을 한 이래로 그런 경험은 처음이었습니다. 마치 '구름 위를 걷는 듯한' 전율과 희열을 동시에 느꼈다고 할까요.

며칠 뒤 설 명절이었습니다. 고향을 찾았을 때 아버지께서 "내년에는 이렇게 해보라"라고 아이디어를 주셨습니다. "기자들은 왜 다들 양복만 입는지 모르겠다. 외신 기자들도 있으니 청와대인지, 백악관인지 분간이 안 간다. 정초이기도 하고, 대한민국 청와대라는 걸 알리려면 한복을 입어보면 어떻겠느냐." 저는 맞장구쳤습니다. "이야, 그거 좋네요." 아버진 충청도 사투리로 "근디 말여, 그거 입을 순 있겄냐?" 물었습니다. 주변의 시선이 부담스럽지 않겠느냐는 말씀이었습니다. 솔직히 자신은 없었는데요. 그렇다고 아버지 제안을 흘려버리고 싶지도 않았습니다. 저는 아버지께 "한번 해 볼게요"라고 약속했습니다. 그해 가을, 추석을 며칠 앞두고 아버지께서 교통사고로 세상을 떠났습니다.

저는 이듬해 흰 두루마기와 푸른색 도포를 두른 한복을 입고 신년 기자회견에 참석했습니다. 질문 기회는 얻지 못했지만, 후회는 없었습니다. 아버지와 한 약속을 지켰으니까요. 아버지 역시 하늘에서 제 모습을 보셨을 테니 더할 나위 없이 만족합니다.

이듬해도 한복을 입고 부채까지 흔들었지만, 질문 기회는 얻지 못했습니다. 그래도 포기는 하지 않으려고요. 출입처가 바뀌지 않는다면, 계속 한복을 입을 생각입니다. 청와대 출입 기자로, 대한민국 국민의 한 사람으로, 기자회견의 새로운 의복 문화를 만들어보는 것도 의미 있지 않을까요?

기자도 대통령 만날 기회는 드물어요

핸드폰을 바꾸려고 집 근처 대리점을 방문했을 때 이야기입니다. 20대 청년들이 운영하는 매장이었는데요. 제 핸드폰을 살펴보던 한 직원이 "와, 문재인 대통령이다"라고 외쳤습니다. 동료 직원들은 무슨 구경이라도 난 듯 우르르 몰려들었습니다. "대통령이랑 아는 사이에요?", "산에서 우연히 만난 건가요?", "뭐 하는 분이세요?" 여기저기서 질문이 쏟아졌습니다. 제 핸드폰 바탕화면을 보고 한 소리입니다.

문 대통령과 청와대 출입 기자들이 북악산 산행 중 찍은 '투 샷' 사진입니다. 어쩔 수 없이 직원들에게 제 직업을 밝히고, 사진을 찍던 당시 상황을 설명했습니다. 직원들은 신기하다는 듯 저와 사진을 번갈아 보며 또 물었습니다. "그럼 대통령은 자주 보세요?" 그 질문에는 선뜻 답하기 어려웠습니다. 말의 시작점을 어디서 찾아야 할지 난감했기 때문입니다. 잠시 생각 끝에 "아니요"라고 했습니다. 그보다 정확한 대답은 없었던 까닭입니다.

청와대 출입 기자라도 대통령을 볼 기회는 많지 않습니다. 대통령과 기자들의 공식 만남은 신년 기자회견이 전부나 다름없습니다. 그 외 기자들이 대통령을 만나는 일은 드뭅니다. 거의 없다고 보면 됩니다. 일주일에 한 번씩 열리는 수석·보좌관(참모진) 회의와 국무회의를 비롯해 대통령이 주재하거나 참석하는 회의나 행사는 '풀 취재(POOL·대표 취재)'로 하기 때문입니다.

해외 순방을 제외한 풀 취재는 적으면 2명, 많아야 4~5명으로 구성하는데요. 회의나 행사에서 대통령 모두발언이나 인사말 정도나 취재를 할 수 있습니다. 나머지 기자들은 풀 기자들이 취재해 온 대통령 '발언(워딩)'을 받아 기사를 작성하는 구조입니다. 그나마 풀 취재도 풀 기자단 소속 기자들만 할 수 있습니다. 따라서 풀 기자단에 속해 있지 않은 기자들 사이에서 불만이 많습니다.

어쨌든, 문 대통령은 지난 2017년 5월 취임 이후 주요 현안은 직접 언론에 브리핑하겠다고 밝혔습니다. 박근혜 정부 시절에는 대통령이 직접 언론 브리핑을 한 기억이 없습니다. 국정 농단 사태로 세 차례 대국민담화를 한 정도라고 할까요.

직접 브리핑을 약속한 문 대통령이지만, 춘추관 발길은 많지 않았습니다. 취임 당일인 2017년 5월 10일, 당시 이낙연 국무총리와 임종석 대통령 비서실장 인사 발표 때 처음 춘추관을 찾았고요. 2020년 5월 10일 취임 3주년 특별연설까지 대통령의 춘추관 브리핑은 6번에 불과합니다. 일 년에 2번꼴인 셈입니다. 그마저 취임 3주년 특별연설 때는 코로나19 여파로 기자들은 소규모 인원(20여 명)만 참석했습니다. 문 대통령은 기자들과 문답을 마친 뒤 "악수는 못 할 것 같습니다. 인사만 하고 가겠습니다"라고 말했습니다.

대통령과 기자들의 소통 창구는 대변인들이 담당합니다. 이들은 브리핑을 통해 기자들에게 대통령의 뜻을 전달하고, 궁금한 사안에 질문을 받고 그에 따른 답변을 하며 언론과 소통하는 역할을 합니다.

청와대와 대통령실 '관계자들'

인터넷 검색창에 '대변인'을 검색해보니 '다른 사람을 대변하기 위해 참여하거나 선출한 사람'이라고 합니다. 국회와 청와대를 비롯해 정부 부처, 정당마다 대변인이 있습니다. 서울시나 경기도, 대전시처럼 규모가 큰 광역 자치단체(시·도)에도 있습니다. 이들은 주로 기자들을 상대하는 일을 합니다. 그래서 대개 언론인 출신을 기용하는 편인데요. 대변인은 언론 브리핑을 통해 주요 현안에 공식 입장을 전합니다. 브리핑이 끝나고 궁금한 내용은 기자들과 질문과 답변을 주고받는데요. 줄여서 '백블(백그라운드 브리핑)'이라고 부릅니다.

'백블'은 보통 대변인의 실명을 쓰지 않습니다. 대신 '관계자'라고 표현하는데요. 출입처 공식 입장뿐만 아니라, 대변인의 주관이 섞이기 때문입니다. 그래서 대변인들은 공식 브리핑이 끝나면 기자들에게 "이후부터는 '관계자'로 써 달라"라고 양해를 구합니다.

기자들 역시 실명은 쓰지 않더라도 익명으로 기사화하거나, 필요에 따라 기사에 녹여 쓸 수 있어 수용하는 경우가 일반적입니다. 독자들은 출처가 불분명한 '관계자'에 기자들이 만든 '가공의 인물' 아니냐고 의심하는 경우가 있는데요. 대변인 언급이다 보니 의심할 여지는 없습니다. 하지만 대변인이 '관계자'라는 익명에 숨어 입장을 전하는 건 무책임하다는 지적과 비판도 있습니다.

여기서 잠깐, 문재인 정부 청와대 대변인은 누가 있을까요? 초대 청와대 대변인은 19대 국회의원 출신인 박수현 전 대변인이었습니다. 정당 활동 때부터 '전담 대변인'이었습니다. 더불어민주당 대변인과 원내대변인 등 당 대변인만 3번 했는데요. 지난 19대 대선 당시 당내 경선에서 안희정 후보 대변인, 경선 이후에는 문재인 대통령 후보 대변인까지 잇따라 맡았습니다. 대변인 계 '전설'이나 다름없습니다. 그만큼 대언론 소통과 친화력을 갖췄다는 뜻이겠지요. 그렇다 보니 기자들과 충돌할 일도 적었습니다. 개인적으로 박 대변인과는 충청도 출신이고, 야인 시절부터 알고 지낸 터라 청와대에서 만나니 더 반가웠습니다.

박 대변인 후임은 〈한겨레〉 기자 출신인 김의겸 대변인입니다. 김 대변인은 모든 면에서 박 대변인과 달랐습니다. 기자들과 자주 논쟁을 벌였는데요. 그래도 문재인 정부의 국정 철학과 개혁 의지를 국민들에 알리려는 의지는 확고한 대변인으로 기억합니다. (김 대변인은 향후 21대 국회 비례대표 의원으로 활동함.)

김 대변인 다음은 KBS 아나운서 출신 고민정 대변인이었는데요. 김 대변인이 부동산 투기 논란으로 물러나면서 후임 발표에 다소 시간이 걸렸습니다. 약 한 달간 공석 끝에 한 발표였는데요. 고 대변인은 박수현 대변인 시절 부대변인이었습니다. 문재인 정부 출범 이후 첫 여성 청와대 대변인이자, 최연소(40세) 대변인이었습니다. 자연스럽게 '파격'이라는 수식어가 따라붙었지요. 정치인도, 기자 출신도 아니다 보니 항상 노력하는 모습이 인상 깊었습니다. 21대 총선에 출마해 '정치 거물' 오세훈 전 서울시장을 꺾으며 파란을 일으켰습니다.

각종 매스컴을 통해 대중에 알려지고, 언론과 접촉면이 넓어 인지도를 쌓은 부분이 그들을 '정치판'으로 이끌었나 봅니다. 물론, 성공도 실패도 본인들이 감당할 몫입니다. 다만 '대통령의 입'으로 지낸 시간은 그들이나 기자들에게 잊지 못할 추억이자, 역사의 한 페이지로 기억될 것입니다.

앞으로 제대로 바꾸는 대통령

2022년 2월, 모 대통령 후보의 유세 현장 취재를 다녀왔습니다. 추운 날씨에도 거리에는 대선 후보를 응원하러 온 당원과 지지자 등 인파로 붐볐는데요. 그들 못지않게 취재 열기도 뜨거웠습니다. 저도 한 귀퉁이에서 손을 달달 떨면서 열심히 노트북 자판을 두드렸습니다.

후보의 연설이 진행되는 동안 사진을 찍으려는 사람들이 연신 연단 앞을 오갔습니다. 방송용 카메라부터 사진기자용 카메라까지 카메라 퍼레이드를 방불케 했는데요. 그 사이로 삼각대에 핸드폰을 달아 후보 연설을 촬영하는 사람들도 보였습니다.

요즘에는 어느 현장이든 유튜버들이 기자들만큼이나 많습니다. 모르는 사람들이 보면, 기자인지 유튜버인지 헷갈릴 정도입니다. 따뜻한 실내에서 칼바람 부는 거리의 풍경과 현장의 사람들을 실시간으로 볼 수 있다니 얼마나 좋은 세상입니까. 그런데요. 선한 유튜버만 있는 게 아닙니다. '가짜뉴스'라고 들어보셨죠? 거짓을 진실인 양 꾸며 '혹세무민'하는 자들이 많아졌습니다.

언론은 '사실'에 기반하는데요. 가짜 뉴스 생산자들은 실수가 아닌 의도를 갖고 접근합니다. 현장에서 일어난 일반적인 상황을 인위적으로 편집하고 조작해 '뉴스'라고 사람들 앞에 내놓습니다. 그냥 내놓는 것도 아닙니다. '의혹'을 만들어 내놓습니다. 그걸 본 사람들은 가짜가 진짜인 줄 믿습니다. 그리고 엉뚱한 사람만 잡습니다. 바보가 되거나, 천하의 불한당이 되는 건 순식간입니다.

가짜 뉴스는 '오보'와는 구분됩니다. 어떻게 구분하냐고요? 의도성 여부입니다. 오보는 실수로 잘못된 정보를 내보내는 걸 말합니다. 반대로 가짜 뉴스는 거짓을 일부러 진실인 것처럼 꾸민 걸 말합니다. 말 그대로 허위 조작 정보입니다. '지라시'라고도 부르죠.

예를 들어 '우크라이나가 러시아에 4차례 포격했다'라는 블룸버그 통신의 기사는 오보에 가깝습니다. 일부 언론사(주로 통신사)는 확인되지 않은 사실을 미리 보도했다 삭제하는 실수를 심심치 않게 저지릅니다. 속보 경쟁이 낳은 부작용일 수도 있고요. 내부 시스템의 오류일 수도 있습니다. 여러 시나리오를 예상해 써 놓은 기사 중 일부가 실수로 출고됐을 수도 있습니다. 우리에게는 너무나 잘 알려진 '세월호 전원 구조' 속보도 대표적인 오보 사례라고 볼 수 있습니다.

반면 '코로나 백신에 살균제가 들어 있다' 거나 '초등학생이 백신을 맞고 이튿날 사망했다'라는 건 '가짜 뉴스'입니다. 없는 사실을 꾸며냈기 때문입니다. 초등학생이 코로나 확진으로 숨진 사례는 있습니다. 하지만, 정부가 백신 접종으로 인한 초등생 사망 사례를 공식 발표했다는 얘기는 듣지 못했습니다. 이런 가짜 뉴스는 백신의 불신을 키워 접종을 기피하고 거부하게 만듭니다.

가짜 뉴스는 휘발성이 강합니다. SNS를 타고 순식간에 퍼져나가죠. 어떻게 주워 담지도 못합니다. 이를 막기 위해 법적인 규제가 필요하다는 주장이 꾸준히 나오고 있는데요. 실제 프랑스와 독일, 싱가포르에는 직접적으로 가짜 뉴스를 규제하는 법이 있다고 합니다.

그런데 우리나라는 표현의 자유 침해와 언론탄압이라는 논란 속에 이제나저제나 입니다. 현행법(허위사실 적시 명예훼손)으로 충분히 처벌할 수 있다는 반론도 있는데요. 그사이 무고한 피해자가 양산되고 있습니다. 최근에는 유명 BJ, 운동선수가 가짜 뉴스에 시달리다 극단적인 선택을 하는 일도 벌어졌습니다.

가짜 뉴스는 민주주의에도 해를 끼칩니다. 민주주의의 상징이라고 할 수 있는 '토론'을 예로 들어볼까요? 거짓과 잘못된 정보를 놓고 어떻게 정상적인 토론이 이루어질 수 있겠습니까. 또 선거에 부정이 있었다고 한다면, 내 손으로 만든 대통령과 정부를 믿을 수 있겠습니까.

확인되지 않은 사실과 근거 없이 쏟아내는 가짜 뉴스는 민주주의를 지탱하고 있는 기본적인 '합의'마저 망가뜨릴 수 있습니다. 극단의 이데올로기를 부채질하면, 분열과 갈등에 '국민통합'은 먼 나라 이야기가 될 수도 있습니다.

이제 대선은 끝났습니다. '내일을 바꾸는 대통령'을 슬로건으로 내건 윤석열 대통령이 당선됐습니다. 가짜 뉴스부터 '제대로 바꾸는 대통령'이 되기를 바랍니다.

수학적 용기와 기자의 용기

대통령 선거가 끝나고 하루를 쉬었습니다. 딱 일주일 지나 하루 연차 휴가를 냈습니다. 기자는 쉬는 날이 없습니다. 기사를 쓰지 않는 시간이 쉬는 날이죠. 그날은 기사 안 쓰고 종일 놀았습니다.

무얼 하고 놀까 궁리 끝에 영화관에 갔습니다. 예고편에 끌렸던 〈이상한 나라의 수학자〉를 봤습니다. 배우 최민식 씨 2년 만의 스크린 복귀작. 역시 배우는 배우였습니다. 어린 배우들과 '케미'도 잘 맞고, 프로다운 모습이었습니다. 오랜만에 '아름다운' 영화를 보고 왔습니다. 영화 '죽은 시인의 사회'와 드라마 '스카이 캐슬'이 떠오르기도 하고요.

영화 줄거리를 간략히 소개하면요. 이학성(최민식 분)은 탈북 4년 차로, 자사고 경비원입니다. 북한에서는 천재 수학자였는데요. 학문의 자유를 찾아 아들과 함께 탈북했습니다. 이후 아들을 잃고, 신분을 숨긴 채 살고 있었죠.

어느 날 수학을 포기한 학생 한지우(김동휘 분)를 만났고, 그로부터 수학을 가르쳐 달라는 부탁을 받습니다. 이학성은 죽은 아들 또래인 한지우에 끌렸고, 학교 별관 과학실에서 남몰래 수학을 가르칩니다. 정답을 알려주기보다 올바른 풀이 과정을 설명하며 '수학'의 진리를 깨닫게 해 줍니다.

극 중 이학성이 한지우에게 이렇게 말합니다. "답을 찾는 것보다, 답을 찾는 과정이 중요하다. 기러니까 증명하라!" 이런 대사도 나옵니다. "수학을 잘하려면 제일 중요한 게 무언지 아네? 용기." "뭐, 아자! 할 수 있다! 이런 거요?" "그건 객기고. 문제가 안 풀릴 때는 '야, 이거 문제가 참 어렵구나 야. 내일 아침에 다시 한번 풀어봐야겠구나' 하는 여유로운 마음. 그게 수학적 용기다."

기자도 마찬가지입니다. 옳은지 그른지 증명해야 합니다. 증명하려면 용기가 필요합니다. 여기서 증명은 '팩트'를 말합니다. 거짓으로는 증명할 수 없습니다. 마치 영화 속 수학 교사처럼. 시험문제를 유출해 놓고, 학생에게 누명을 씌우는 담임 교사는 '부조리'와 '사회악'을 상징합니다. 진실과 사실을 증명하는 것이 언론이고, 기자입니다.

사실을 보도하는 과정은 순탄치 않을 때가 많습니다. 유혹과 협박이 곳곳에 도사리고 있거든요. 그런 것에 흔들리기 시작하면 끝까지 갈 수 없습니다. 주저앉거나 멈추고 돌아섭니다. 그때 필요한 게 바로 '용기'입니다. "야, 이거 취재가 참 어렵구나. 내일 아침에 다시 한번 취재해서 써야겠구나, 하는 여유로운 마음. 그게 기자의 용기"라고 생각합니다.

기자들은 늘 마감에 쫓깁니다. 시간에 쫓기면 완성도 높은 기사가 나오기 어렵습니다. 답(야마)이야 어떻게 짜내서든 나오겠죠. 하지만 답을 풀어가는 과정이 억지스럽다면 누가 그걸 답이라고 믿겠습니까. 하나하나 차근차근 따져보고 짚어가며 증명하는 수고로움이 필요한 게 '기사'입니다. 그래야 기사로 인한 피해자가 생기지 않을 테니까요.

기사 하나 쓰려고 몇 날 며칠, 아니 몇 달을 전국 방방곡곡을 돌며 생고생하는 기자도 많습니다. 탐사보도 기자들이 대표적이죠. 하나 물었으면, 끝까지 파는 겁니다. 더 나올 게 없을 때까지 파헤치는 겁니다. 정답보다 중요한 건, 답을 찾아가는 과정입니다.

용기와 집념으로 쓴 기사의 마침표를 찍었을 때, 세상은 조금씩 변하겠죠. 기자를 하는 이유도 거기에 있습니다. 그 기분을 만끽해본 기자들은 눈부시게 성장하고 발전할 것입니다.

마지막 '춘추관 기자'라는 말에

"앞으로 '청와대 시대'라는 말이 남을 것이라고 생각합니다. 여러분은 청와대 시대 마지막을 지켜보는 증인들입니다. 아마 '춘추관 기자'라는 말도 이제는 마지막이 될지 모르겠습니다."

문재인 대통령이 2022년 4월 25일 청와대 출입 기자들과 간담회에서 한 말입니다. 문 대통령의 재임 중 출입 기자단 초청 간담회는 이번이 두 번째이자 3년 만이었는데요. 동시에 고별 간담회 성격이었습니다. 그러고 보면, 문 대통령은 기자들과 소통에 참 인색했습니다. 코로나 영향도 있었지만, 의지만 있으면 얼마든지 기자들과 자주 만날 수 있었다고 생각합니다.

청와대는 '구중궁궐'이라고 불립니다. 실제로 참 넓습니다. 기자들이 일하는 춘추관은 청와대 본관을 중심으로 동쪽 끝에 위치합니다. 하지만 기자들은 춘추관 안에서 꼼짝을 못 합니다. 청와대 곳곳을 자유자재로 다니면서 취재를 할 수 없습니다. 경호와 보안을 이유로 활동 자체가 원천적으로 차단된 셈이죠. 쉽게 말해 춘추관에 갇혀 대변인이나 소통 수석이 브리핑하는 걸 받아 적고 질문하는 정도에 불과합니다. 그러니 청와대 출입 기자라고 한들, 세세한 내용까지 파악하기란 한계가 있습니다.

설령 세부적인 내용과 정보를 얻더라도 대부분 보도 제한을 전제로 이루어지기 때문에 맘대로 기사를 쓸 수 있는 환경도 되지 않습니다. 경내를 들어갈 수 있는 기자들은 풀POOL 기자뿐입니다. 중앙지와 방송, 통신사, 지역 일간지 중 일부 기득권 매체들이 공고한 카르텔을 만들어 자기들끼리만 돌아가며 취재합니다. 대통령이 주재하는 각종 회의나 지역 일정, 해외 순방까지도 대부분 이들의 전유물입니다. 풀 기자단에 속하지 못한 기자들은 '무늬만 출입 기자'입니다.

이 구태적 관행은 역대 정부부터 이어져 오고 있습니다. 국가 최고 권력기관을 출입하는 기자들부터 이렇게 편 가르고, 취재를 독점하는데 무슨 언론개혁이 이루어질 수 있겠습니까. 저는 7년째 청와대를 출입하면서 그 흔한 국무회의 취재조차 해

본 적이 없습니다. 그래서일까요. 청와대를 개방해 국민 품으로 돌려주겠다는 윤석열 대통령 당선인의 '결정'에 큰 반감은 들지 않았습니다. 다만, 성급한 대통령 집무실 이전에 따른 시민 불편과 예산 낭비 요소는 저 역시 마뜩하지 않습니다.

문 대통령과 기자간담회를 하기 전 청와대 출입 기자들은 경내 관람 시간을 가졌습니다. 7년을 출입하면서 경내 관람은 여러 차례 했죠. 이번에도 별다른 감흥은 없었습니다. 경내 관람인 처음인 기자들은 마냥 신기한 듯한 표정이었지만.

그래도 '마지막'이라는 생각에 사진도 찍고, 이곳저곳 구석구석을 눈에 담으려고 했습니다. 국민의 한 사람이라면 모를까 '기자' 신분으로 경내를 둘러볼 일은 없을 테니까요. 대통령께서 "춘추관 기자라는 말이 마지막이 될지 모르겠다"라는 말에는 묘한 감정이 들었습니다. 아무렇지도 않을 줄 알았는데, 그렇지 않았습니다. 뭔가 어색하면서 쓸쓸했고, 먹먹하면서 울컥했습니다.

당시 대통령직인수위원회는 현재 '청와대'의 새 이름을 공모 중이었습니다. 새 정부가 출범하면 '청와대'는 '과거의 역사'가 되는 셈입니다.

〈새 대통령실 이름은 '피플스하우스'?…국민 공모, 열흘 만에 '1만건'〉

인수위는 대통령 취임식 닷새 후인 5월15일까지 공모를 진행한 뒤 '국민심사위원회'를 구성하고 최종 명칭을 선정한다. 심사위에는 국어학자와 역사학자 등이 참여할 것으로 보인다. 6월 초 새 명칭이 확정되면, 청와대는 그 이름까지 역사 속으로 사라지게 된다.

— 2022년 4월 26일, 〈뉴스1〉 기사 중에서

인수위 청와대 이전 TF는 오늘부터 네이버와 카카오, 토스 등을 통해 청와대 개방 관람 신청을 받았는데요. 6시간 동안 36만 128명이 신청했습니다. 신청자들이 한꺼번에 몰리면서 '청와대, 국민 품으로' 홈페이지 서버가 일시적으로 다운되기도 했습니다. 그만큼 국민적 관심이 높다는 뜻이겠죠. 기회가 있으면 한 번 둘러보세요. 기대만큼 멋지고 휘황찬란할진 모르겠지만, 경치나 공기는 좋습니다.

춘추관을 출입하면서 인연을 맺은 한 선배가 있습니다. 현재는 한국인터넷기자협회 수석부회장인 이준희 기자인데요. 청와대 기자단 문제를 지적하고 바꾸려고 애썼다, 고생했다는 격려에 뭉클했습니다.

바뀐 것 없이 한 정권은 막을 내렸습니다. 그리고 윤석열 정부가 들어섰습니다. 벌써 언론과의 소통이 도마 위에 오르고 있는데요. 시작도 전에 걱정부터 앞섭니다. 그러나 저나 양심 있는 기자들은 기울어진 언론과 권력의 운동장을 1mm씩이라도 펴기 위해 노력할 것입니다. 그것이 기자의 본분이고, 사명이니까요.

굿바이 청와대,
굿바이 춘추관

문재인 대통령이 임기 5년을 마치고 청와대를 떠났습니다. 수많은 인파가 떠나는 대통령의 처음이자 마지막 퇴근길을 배웅했습니다. 짧다면 짧고, 길다면 길었을 시간이 이렇게 흐르고 지나 마침표를 찍었습니다. 지난 5년의 대한민국, 여러분은 어떠셨습니까?

청와대는 5월 10일부터 국민에게 개방했습니다. 윤석열 대통령은 '구중궁궐'을 나와 소통하는 대통령을 천명했습니다. '제왕적 대통령'에서 '일하는 대통령'이 되겠다고 했습니다. 그는 '졸속 이전'이라는 비판에도 뜻을 굽히지 않았습니다. 국민들 얘기를 듣기보다 '좋아, 빠르게 가'만 좋아하나 봅니다.

2022년 5월 9일, 제 청와대 마지막 출입이었습니다. 춘추관에 들러 사물함을 정리하고 열쇠를 반납했습니다. 청와대 녹지원에서 열린 고별 기자간담회에서 찍은 단체 사진을 가지고 나왔습니다.

저는 지난 2015년 박근혜 정부 말기부터 이곳을 출입했습니다. 촛불 정국을 거쳐 탄생한 문재인 정부 5년을 오롯이 지켜보며 7년이란 시간을 보냈는데요. 이제 '기자'로서는 다시 못 올 곳을 나오려니까 발걸음도 잘 떨어지지 않더군요.

박경미 청와대 대변인은 고별 브리핑에서 "차기 정부에도 대변인, 기자가 있지만 청와대와 춘추관이 사라지니, 저는 마지막 청와대 대변인, 여러분은 마지막 춘추관 기자다. 마지막이기에 역설적으로 영원할 수 있다고 생각한다"라고 했습니다. 그 말에 또 코끝이 찡해옵니다. 춘추관 건너편 동료 기자들과 드나들던 커피숍은 내내 그리울 겁니다. 그 맞은편, 전임자와 이름이 같아 지날 때마다 자꾸만 떠올리게 했던 '공근혜 갤러리'도 안녕입니다. 마을버스를 타러 내려가는 길에 허름한 '동철상회'와 아주머니도 언제 또 볼 수 있으려나요.

춘추관 어귀를 지키던 경찰관도 근무지가 바뀔 테지요. 제 출퇴근길을 함께 따라 걸었던 은행나무 가로수와 종로 11번 버스도 추억의 한 페이지로 기억되겠죠. 아, 이제 모두 안녕입니다. 2022년 5월 9일 밤 10시 20분. 청와대 출입 기자 단체 채팅방을 나왔습니다.

국회에서 제20대 대통령 취임식이 있었습니다. 이제 그 말 많고 탈 많았던 '용산 시대'가 열립니다. 새 정부는 춘추관의 새로운 이름을 '국민소통관'으로 명명했습니다. 언론은 국민과의 소통 창구입니다. 언론과 얼마나 소통하느냐에 따라 새 정부의 성공과 실패가 판가름 날 것으로 생각합니다. 그만큼 언론의 역할도 중요하겠죠. 저 역시 새로운 시작으로 각오를 다집니다. 권력 앞에 무릎 꿇고 아부 떨지 않겠습니다. '곡학아세曲學阿世' 대신 '정론직필正論直筆'을 늘 가슴에 새기겠습니다.

제가 요즘 김영민 서울대 교수가 쓴 『인간으로 사는 일은 하나의 문제입니다』라는 책을 열독 중인데요. 어려운 정치 이야기를 말랑말랑하게 풀어서 썼습니다. 배꼽 잡습니다.

거기에 이런 문장이 있습니다. "제도, 덕성, 리더십, 권력, 권력의 감시, 소통 등 제반 요소가 균형을 이룰 때 가까스로 바람직한 정치가 이루어진다. 그 균형도 시간이 흐르면 다시 허물어지기 시작한다. 심신의 건강에도 일상의 관리가 핵심이듯이, 정치 공동체의 건강에도 일상적 관리가 핵심이다."

국민과 소통하는 노력에는 칭찬을, 그렇지 못할 때는 신랄하게 비판하겠습니다. 펜으로 칼을 이기겠습니다. 가자 용산으로! 근데, 가는 길이 만만치 않네요. 용산은 처음이라. 거기도 크고 넓은 구중九重이라.

용산 세렝게티에는 왜 '맹수 기자'가 없을까?

취임 초 윤석열 대통령 지지율은 바닥을 쳤습니다. 민생·경제는 차치하고 장관·대통령실 인사와 집권당인 국민의힘 내부 갈등, 김건희 여사 리스크까지. 지지율이 오르기는커녕, 더 떨어지지만 않으면 다행일 정도였습니다.

윤 대통령이 국민적 호평을 받는 게 무엇이냐고 굳이 묻는다면, 언론과 소통이었습니다. 그중에도 '도어스테핑'이라고 부르는 출근길 약식 회견일 겁니다. 윤 대통령은 '구중궁궐'이라고 불리는 청와대를 나와 용산으로 집무실을 옮겼습니다. 말도 많고, 탈도 많았지만 '닥공'으로 밀어붙였습니다. 대통령은 용산으로 집무실을 옮긴 뒤부터 출근길마다 기자들과 문답식 회견을 진행했습니다. 다양한 국정 현안을 비롯해 정치적 논란까지 다양한 이슈를 다뤘습니다. 하지만 정치 내공이 부족한 대통령은 실언이 잦았습니다. 가장 자신 있는 분야인 동시에 지지율 하락의 아킬레스건으로 작용한 '양날의 칼'이었던 셈이죠.

상황이 이쯤 되니 출근길 회견을 대하는 대통령 태도가 달라졌습니다. 최대한 발언을 절제하려는 모습이었습니다. 동시에 질문을 제한하고, 대답도 원론적이었습니다. 대통령실도 대면 브리핑을 현저히 줄였습니다. 서면으로 브리핑을 대신하는 빈도가 늘었습니다. 과연 그걸 '소통'이라고 할 수 있을까요? 더구나 미국 순방 당시 있었던 MBC의 영상 자막 보도와 이후 출근길 문답 과정에서 불거진 MBC 기자와 대통령실 비서관의 언쟁 이후 2022년 연말까지 도어스테핑은 중단된 상태입니다. 언제 재개할지는 기약이 없습니다.

문제는 기자들의 태도입니다. 항의할 건 정식으로 항의하고, 잘못된 부분은 서로 고쳐 나가야 하지 않을까요? 그렇게 하려고 기자단을 만든 것 아니겠습니까. 중앙지와 지역 일간지 중심으로 구성된 일명 '풀pool 기자단'은 '식물 기자단'처럼 보입니다. 내부적인 카르텔이나 형성할 줄 알았지, 대통령실에 대놓고 따질 생각은 1도 없나 봅니다.

비단 현 정권뿐만 그런 건 아닙니다. 박근혜나 문재인 대통령 시절에도 그랬습니다. 왜 그럴까요? 못하는 걸까요, 안 하는 걸까요? 절대 권력이라? 언론사 사주가 싫어하니까? 찍히면 대통령실 출입을 못 할까 봐? 풀 기자단에서 내쫓길까 봐? 정부 광고를 받지 못할까 봐? 그래서 어느 기자는 대통령을 향해 "파이팅!"을 외친 걸까요? 권력에 빌붙어 혹세무민惑世誣民해야 하나요? 지금은 서슬 퍼런 정권이 무서워 침묵하던 시대가 아니지 않습니까? 그것이 언론이고 기자라면, 이 땅의 국민들은 그런 언론을 허락하지 않을 겁니다. 법이 있다면 탄핵당하고도 남았을 게 이 나라 언론의 현실이라고 생각합니다. 권력을 비판할 줄도, 저항할 줄도 모르는 언론, 권력에 빌붙어 사리사욕이나 채우려는 언론은 탄핵받아 마땅합니다.

윤 대통령은 취임 100일 기자회견 당시 출근길 문답을 계속할 것이냐는 질문에 "계속하겠다"라고 답했습니다. 하지만 이런 식의 언론 대응이 '소통'이라면, 뭐가 잘못돼도 한참 잘못된 것 같습니다.

'용산 세렝게티'에 호랑이든, 늑대든, 사자든, 맹수 기질을 가진 기자들의 출현을 소망합니다. 맹수의 날카로운 송곳니 같은 펜을 들고. 그래야 '대한민국'이라는 초원에서 국민들이 평화롭게 살아갈 수 있지 않을까요?

에필로그

다시, 질문이란 무엇인가

기자들이 밥 먹고 하는 일이 '취재'입니다. 독자가 궁금해하는 걸 취재하고, 기사로 알리는 게 기자들이 밥 먹고 하는 일입니다. 독자들이 궁금하지 않은 건 백날 써봐야 소용없습니다. 안 봅니다. 취재와 기사는 '질문'에서부터 출발합니다. 그럼, 질문은 무엇일까요? 맞습니다. 모르는 걸 물어보는 게 바로 '질문'입니다.

그렇다면 어떤 질문이 '좋은 질문'일까요? 질문에 좋은 질문이 있고, 나쁜 질문이 있냐고요? 네, 있습니다. 답변을 바라는 사람이 무슨 소리인지 알아듣고 말할 수 있도록 '요점만 간단히' 해야 좋은 질문입니다.

'나쁜 질문'은 반대입니다. 무엇을 물어보려는 건지 통 모르겠는 얘기를 주저리주저리 길게도 늘어놓습니다. 일장 '연설'이나 '훈계' 나아가 '취조'하는 것처럼 따지는 형편없는 기자들도 많습니다. 그건 질문이라고 할 수조차 없습니다.

좋은 질문과 나쁜 질문 사이에 '이상한 질문'도 있습니다. 그게 뭐냐고요? 말 그대로 '이상한' 질문입니다. 어떤 답이 나올지 알면서 질문을 하는 경우입니다. 다분히 의도된 질문이라니, 정말 이상하지 않습니까?

이상한 질문은 왜 할까요? 쉽게 말해 '짜고 치는 고스톱'입니다. 사전에 질문과 답변을 주고받는 겁니다. 기자회견이나 간담회 자리에서 '불편한 질문'을 피하고 싶을 때 이런 방법을 택합니다. 과거 박근혜 정부 시절 청와대를 출입했던 기자들이 대표적인 사례입니다. 미리 질문할 순서를 정해놓고, 짜 놓은 각본대로 답변했다는 걸 아는 국민은 얼마나 될까요?

대통령은 국정 농단만 한 게 아니라 국민을 기만했고, 기자들도 '한 통 속'이었습니다. 저도 당시 청와대를 출입했습니다. 그래서 '책임론'에서 자유롭지 못합니다. 변명하면, 저는 '질문의 시혜'를 입을 특권층 기자단에 속하지 못했습니다. 쉽게 말해 '마이너 언론' 취급을 당한 셈입니다. 우습지 않습니까? 같은 출입처를 출입하며 취재하는 기자들 사이에 계급이라는 게 존재한다는 사실이. 기자들이 밥 먹고 하는 질문을 '할 수 있는 기자'와 '하지 못하는 기자'로 등급을 매겨 구분하는 현실도 말입니다. 아버지를 아버지라 부르지 못하고, 형을 형이라 부르지 못한 홍길동도 아니고, 참 어이가 없습니다.

정권이 두 번이나 바뀐 지금은 어떨까요? 여전히 '언론 카르텔'은 용산 대통령실부터 일선 기초자치단체 기자실까지 산재해 있습니다. 곳곳에 진을 치고 철옹성처럼 단단하게 성을 쌓아 실력을 행사하고 있습니다. 믿으실지 모르겠지만.

2022년 5월 윤석열 대통령 취임 직후 조 바이든 미국 대통령이 방한해 첫 정상회담을 가졌는데요. 한 블로거가 이날 공동 기자회견을 본 뒤 쓴 글이 인상적입니다.

> 정부는 한국 기자는 한국 대통령에게 미국 기자는 미국 대통령에게만 질문하라는 황당한 요청을 해놓은 상태였다. 이 역시 이해되지 않는 조치다. 기자회견이라는 것이 어느 기자든 어느 나라 대통령에게 자유롭게 질문하는 것이 허용돼야지, 무슨 한국 기자는 한국 대통령에게, 미국 기자는 미국 대통령에게 질문하라는 법이 있는가. 외신 기자들은 이해할 수 없다는 반응을 내놓았고, 바이든 미국 대통령 역시 질문은 한 개만 받아야 한다며 자신이 윤석열 대통령을 보호한다는 농담을 던졌다. 참 어이없는 상황이 아닐 수 없다. — 네이버 블로거 〈파별천리〉 블로그 게시글 중에서

이 자리에도 대통령실을 출입하는 기자들은 장소가 협소하다는 이유로 소수 인원만 참석했습니다. 국내 정치 이슈나 사회적으로 민감한 사안들을 취재할 때는 국회 본관 복도에서, 검찰청사나 법원 앞에서, 그것도 모자라 당사자의 집까지 찾아가 집요하게 질문하는 기자들 아닙니까? 그런데 절대권력 앞에서는 아무런 저항을 하지 못합니다. 온순하고, 공손해집니다. “왜 질문을 막습니까, 왜 질문을 하지 못하게 합니까”라는 질문조차 못 하거나 안 합니다. 아이러니합니다.

질문 없는 기사는 생명력이 약합니다. 기사의 질도 약합니다. 그래서 파급력이 떨어집니다. 물음표를 던지고 느낌표를 전하는 것이 ‘기사다운 기사’입니다. 권력에 맞서려면 기자들의 질문이 많아져야 합니다. 권력 앞에선 ‘외람된 질문’은 없습니다. 공적인 공간에서 대통령에게 “파이팅!”을 외치는 건 부적절합니다.

질문이 많아져야 세상도 한 발 한 발 앞으로 나아갈 수 있지 않을까요? 질문 없는 사회는 영화 ‘죽은 시인의 사회’처럼 일방적이고, 획일적이고, 기계적일 수밖에 없을 테니까요. 영화 속 “스스로 생각하고 자기 자신을 찾으라”라는 키팅 선생 가르침처럼, 우리는 질문 속에서 자기 자신을 찾는 노력도 게을리하지 말아야 합니다.

강남순 미국 텍사스대 교수는 『질문 빈곤 사회』의 부제목을 "나는 질문한다, 고로 존재한다"라고 썼습니다. 이처럼 질문이란, 우리가 '존재하는 이유'이기도 합니다. 저는 '칼럼 계 아이돌'이라고 불리는 김영민 서울대 정치외교학부 교수의 몇 해 전 칼럼 〈"추석이란 무엇인가" 되물어라〉에 매료돼 '~란 무엇인가'라는 제목의 글을 감히 흉내를 낸 적 있습니다.

김 교수는 『공부란 무엇인가』에서 이렇게 고백했습니다.

> 그리고 하필 '……란 무엇인가'라는 질문의 형태가 된 것에는, 일부 독자들이 저자의 〈추석이란 무엇인가〉라는 글을 기억하고 있을 것이라는 편집자의 기대가 담겨 있다. (67쪽)

질문은 대상을 정해놓고 하기도 하지만, 스스로에게도 꾸준히 던져야 하는 '물음표'라고 생각합니다. 그래야 오늘의 나를 돌아보며 반성하고, 내일은 오늘보다 나은 하루를 살 동력을 얻을 수 있을 테니까요. 저는 기자로서 오늘도, 내일도 열심히 질문하며 최선을 다하겠습니다.

자, 여기서 질문드리겠습니다. 제 책을 읽은 소감은 어떻습니까? 읽을 만 하셨나요? 돈 아깝다는 생각은 들지 않으셨나요? 네? 베스트셀러 될 것 같다고요? 아유, 복 받으실 겁니다. 고맙습니다.

슬기로운 기자생활

초판 1쇄 발행 2023년 01월 12일

글쓴이 류재민
펴낸이 김왕기
편집부 원선화, 김한솔
디자인 푸른영토 디자인실

펴낸곳 **(주)푸른영토**
주소 경기도 고양시 일산동구 장항동 865 코오롱레이크폴리스1차 A동 908호
전화 (대표)031-925-2327 팩스 | 031-925-2328
등록번호 제2005-24호(2005년 4월 15일)
홈페이지 www.blueterritory.com
전자우편 book@blueterritory.com

ISBN 979-11-92167-15-2 03810